Über Kreuz

Anke Gebert arbeitete in verschiedenen Berufen und studierte am »Deutschen Institut für Literatur« sowie an der Filmschool Hamburg (Schwerpunkt Drehbuch), bevor sie Autorin von Krimis, Romanen und erzählenden Sachbüchern wurde. Sie hat zwei Schreibtische – einen in Hamburg und einen in Travemünde. www.ankegebert.de

ANKE GEBERT

Über Kreuz

KÜSTEN KRIMI

emons:

Bibliografische Information der Deutschen Nationalbibliothek
Die Deutsche Nationalbibliothek verzeichnet diese Publikation in der Deutschen Nationalbibliografie; detaillierte bibliografische Daten sind im Internet über http://dnb.d-nb.de abrufbar.

MIX
Papier aus verantwortungsvollen Quellen
FSC® C083411
FSC
www.fsc.org

Umschlagmotiv: photocase.com/dioxin
Umschlaggestaltung: Tobias Doetsch
Gestaltung Innenteil: César Satz & Grafik GmbH, Köln
Lektorat: Carlos Westerkamp
Druck und Bindung: CPI – Clausen & Bosse, Leck
Printed in Germany 2015
ISBN 978-3-95451-566-0
Küsten Krimi
Originalausgabe

Dieser Roman wurde vermittelt durch die
Literarische Agentur Kossack, Hamburg.

Für Ralf

Die Liebe ist jene Flamme,
welche die Götter den Sterblichen missgönnen,
und die Eifersucht ist der fressende Geier,
der den Diebstahl furchtbar rächt.
Ludwig Börne

Wer auf Rache aus ist, der grabe zwei Gräber.
Konfuzius

1

Juni 2014

Auf dem Penthouse gegenüber hüpften drei junge, noch graue Möwen so nah an die Kante des Flachdachs heran, dass Nina kurz den Atem anhielt. Wieder einmal war sie erleichtert, dass keiner der jungen Vögel in die Tiefe stürzte. Woher wussten sie, wie weit sie sich vorwagen durften? Weshalb passte die Mutter, die majestätisch und unerreichbar für ihre Jungen auf dem Schornstein thronte und den Blick abgewandt hatte, nicht besser auf sie auf? Warum war der Vater wieder einmal für längere Zeit ausgeflogen?

Nina hätte gern Jan diese Fragen gestellt, doch auch er hatte keine Antworten darauf. Das wusste sie, seitdem sie die Möwenfamilie auf dem Dach gegenüber beobachteten. Seitdem sie ihre gemeinsame Wohnung in Travemünde in der Straße Mittschiffs bezogen hatten. Das war erst ein paar Wochen her, damals hatte die schöne, große weiße Möwenmutter noch unablässig auf dem Nest gesessen und gebrütet. Der Vater hielt damals Wache, wenn er nicht gerade kurz unterwegs war, um etwas zu fressen aus dem Godewindpark zu holen. Trotzdem magerte die Mutter während der Brutphase so stark ab, dass es Nina beängstigte. Jetzt wirkte es so, als wären ihr die ständig nach Futter fiependen, ziemlich hässlichen, hinter ihr herhüpfenden Jungen zu viel. Als warte sie sehnlichst darauf, dass sie endlich davonflögen. Oder als wäre es ihr gleichgültig, wenn eines der Jungen vom Dach fiele. Auch dem Vater schien gleichgültig zu sein, was mit seinen Jungen geschah – und mit seiner Frau.

»Mach dir keine Sorgen, die fallen nicht hinunter!«, meinte Jan, der mit einer Flasche Wein auf den Balkon trat, als hätte er Ninas Gedanken erraten. »Sie wissen instinktiv, wie weit sie gehen dürfen und dass sie noch nicht fliegen können.«

Nina riss sich vom Blick auf das Dach gegenüber los, auf dem das dickste der Möwenjungen gerade seine Flügel ausprobierte, als wolle es gleich abheben, und von der Anstrengung, den runden Körper in die Luft zu bringen, mit den dünnen Beinen zu Boden knickte.

Jan reichte Nina ein volles Glas. Sie stieß es gegen seines. »Auf unsere schöne Wohnung!«

Von der Promenade wehten kaum noch hörbar das Gerede und Gelächter vieler Menschen und Helene Fischers Song »Atemlos durch die Nacht« herüber. Der Song, der seit einigen Monaten auf keiner Party fehlen durfte, so wie auch Ricci Bells »Auf allen vieren ins Glück«.

Es fand gerade das Travemünder Promenadenfest statt, eine Mini-Travemünder-Woche, nur ein Wochenende lang. Zwei große Bühnen mit Livemusik, Kunsthandwerk, Flammkuchen, Bowle, Tattoos – angeboten in geschmackvollen Büdchen, aufgereiht an einer Seite der Promenade. Auf der Strandseite standen Tische, Stühle, Bänke und rot bezogene Liegestühle zur freien Benutzung mit Blick auf die Ostsee. Das Wetter war seit Wochen sommerlich, die Strandkörbe regelmäßig belegt. Fähren fuhren nach Travemünde ein oder von hier aufs offene Meer hinaus – auf den ihnen vorgeschriebenen Routen zwischen unzähligen Segelbooten hindurch.

»Was meinst du, Double oder CD?«, fragte Nina amüsiert. Erst zwei Wochen zuvor war das Travemünder Sommerfest an der Trave gewesen. Auf dem Weg dorthin hatten Jan und sie angenommen, dass Helene Fischer persönlich nach Travemünde gekommen wäre, so originalgetreu klang die Musik, die von einer Bühne kam. Doch es war ein Double, das sang und sich nicht nur stimmlich, sondern auch äußerlich kaum verstellen musste. Wenn man die Augen schloss, konnte man annehmen, dass es Helene Fischer war.

»Wir können froh sein, dass wir etwas abgelegen hinter dem Godewindpark wohnen«, meinte Jan. »So schön es ist, dass in Travemünde jetzt beinahe jedes Wochenende Events stattfinden, so hart ist es für die Leute, die in der Kaiserallee oder im Maritim wohnen, von morgens bis abends diesem Lärm ausgesetzt zu sein.«

Travemünde erfreute sich zunehmender Beliebtheit, seit hier neben der alljährlichen Travemünder Woche auch noch Beach-

Volleyball- und Boule-Meisterschaften, Shantychor-Treffen, »Travemünde jazzt« und vieles andere mehr stattfanden. Das zeigte sich daran, dass in der Vorderreihe in den Cafés und Restaurants noch nie so viele Tische und Stühle und am Strand so viele Strandkörbe wie in diesem Jahr aufgestellt worden waren. An heißen Tagen wie dem heutigen waren die meisten Plätze belegt. Travemünde schien es gut zu gehen.

Nina hatte entschieden, hier zu leben. Mit Jan, in dieser wunderschönen Wohnung, die er besorgt hatte. Besorgt, das hörte sich für Nina besser an als gekauft. Sie mochte jetzt nicht darüber nachdenken, dass Jan die Wohnung allein bezahlt hatte. Von seinem Geld. Oder dem seiner Eltern, weil er seine vorherige Wohnung von ihnen überschrieben bekommen und zu Geld gemacht hatte. Sehr viel Geld. Viel mehr, als die Eltern vor Jahren für die Wohnung bezahlt hatten. Fast das Doppelte. Das war möglich gewesen, weil in den letzten zwei Jahren die Preise für Immobilien in guten Lagen nochmals in die Höhe geschossen waren, in schwindelerregende Höhen. Die niedrigen Zinsen für Kredite bei Banken hatten ihr Übriges getan.

»Nina, denk jetzt bitte nicht wieder darüber nach, dass ich unsere Wohnung gekauft habe. Wie du weißt, habe ich das Geld dafür nicht selbst erarbeitet. Es ist uns geschenkt worden. Von meinen Eltern und von den Verrückten, die heutzutage überteuerte Immobilien kaufen, um ihr Geld anzulegen.«

Nina lächelte, weil Jan wieder einmal ihre Gedanken erraten hatte. Sie prostete ihm zu. »Und weil du es dir nicht gefallen lassen hast, dass man dich als Käufer dieser Wohnung reinlegt.«

Jan nickte. Es war für ihn eine schwierige Entscheidung gewesen, rechtlich gegen einen Maklerkollegen seines Vaters und den Eigentümer, der ein Einheimischer war, vorzugehen. Doch Jan wollte nicht hinnehmen, dass er beim Kauf dieser Wohnung, die er als Erster besichtigt und deren Erwerb er sofort zugesagt hatte, betrogen wurde. Er wollte diese Wohnung und hatte juristische Mittel eingelegt, als er bemerkte, dass der Verkauf fingiert werden sollte, um Schwarzgeld fließen zu lassen. Es hatte ihm keine Freunde eingebracht, doch inzwischen war er deshalb mit sich im Reinen. Jetzt saß er hier. Mit Nina. Und wollte nicht mehr daran denken oder gar nochmals darüber sprechen. Das wusste Nina.

Die Sonne ging rot am Horizont unter. Hinter manchen Fenstern in der Straße war das Flimmern der Bildschirme zu erkennen. Es war Fußballweltmeisterschaft in Rio de Janeiro. Viertelfinale. Deutschland spielte heute nicht, trotzdem blieben viele Menschen zu Hause, weil die bisherigen Spiele so interessant verlaufen waren: Vor allem Mannschaften aus Nationen mit nur wenigen Millionen Einwohnern hatten sich aufregende Spiele geliefert, wie etwa Uruguay, Ghana und Ecuador. Sogar Nina hatte sich einige der Übertragungen angeschaut. Jan sowieso. Doch dieser Abend war zu schön, um in der Wohnung zu sitzen.

Auf Jans muskulösen Unterarmen glitzerten im Licht der Sonne goldene Härchen. Nina strich mit der Hand darüber. Sie liebte diese Arme. Sie liebte Jan. Seit sie hier wohnten, hatte sie noch nicht einmal darüber nachgedacht, nach Hamburg in ihre kleine Wohnung in Barmbek zu fahren. Jan schnitt das Thema, wann sie dieses Hintertürchen endlich kündigen wollte, nicht an. In Momenten wie diesen war Nina entschlossen, bereits am nächsten Tag Hamburg für immer aufzugeben, doch die eigene Wohnung vermittelte ihr das Gefühl von Unabhängigkeit. Es war unsinnig, sie zu halten, auch, weil sie sie sich eigentlich schon länger nicht mehr leisten konnte, doch sie zu kündigen wäre Nina vorgekommen, als würde sie sich endgültig von Jan abhängig machen. Materiell. Sie musste endlich wieder Geld verdienen! Als Übersetzerin. Oder am besten als Ermittlerin.

Jan griff nach ihrer Hand und zog Nina zu sich auf den Schoß. Sie küssten sich, und Nina war klar, dass sie sich kurz darauf ins Innere der Wohnung begeben würden. Nicht, um dort eine Fußballübertragung anzusehen.

Jans Hand glitt unter Ninas T-Shirt.

Nina lachte, »Jan!«, und blickte hinüber zum Penthouse. Sie war sich nicht sicher, ob die dortigen Bewohner Ninas und Jans Balkon einsehen konnten. Jetzt war ihr Freund mit seinen Händen dort angelangt, wo es ihm am liebsten war und wo es auch Nina am liebsten war.

Sie zog ihn nach drinnen. In der Tür schaute Nina sich noch mal zum gegenüberliegenden Haus um. Ein Möwenjunges tänzelte auf der Kante des Daches. Breitete seine viel zu kurzen Flügel aus. Hüpfte in die Höhe. Und fiel wie ein Stein in die Tiefe.

2

»Nina!«, rief Jan, doch sie rannte die Treppen hinab, ohne sich zu ihm umzudrehen. Beinahe hätte Jan vergessen, den Wohnungsschlüssel mitzunehmen, bevor er ihr nacheilte. Als er Nina einholte, hatte sie bereits bei den Leuten, die »Anders« und »Valet« hießen und auf deren Balkon das Möwenjunge gestürzt war, geklingelt. Jan wusste, dass es jetzt keinen Sinn hatte, etwas dagegen zu sagen, denn Nina ließ sich in solchen Dingen nichts sagen.

Eine Frau fragte durch die Gegensprechanlage: »Ja, bitte?«

Nina erzählte atemlos, was passiert war, und bat darum, das Möwenjunge zu retten. Sie wolle auch dabei behilflich sein. Die Frau aus dem Penthouse betätigte kommentarlos den Türöffner. Nina und Jan hasteten die Treppen hinauf.

»Mein Mann spielt bereits den Retter …«, sagte die für diesen Sommerabend recht elegant gekleidete und offenbar leicht angetrunkene Frau in der offenen Tür zur Wohnung und streckte zuerst Nina und danach Jan lächelnd die Hand entgegen. »Anders. Kommen Sie gern herein!«

Nina und Jan stellten sich ebenfalls vor und folgten Frau Anders in die faszinierende Wohnung, die sich über die ganze obere Etage des dreistöckigen, erst vor wenigen Jahren gebauten Hauses erstreckte. Bereits der Flur wirkte durch die vielen gerahmten Grafiken und Gemälde an den Wänden wie eine Galerie. Im Wohnzimmer, das eher wie ein Salon anmutete, hingen nur ein paar große Bilder und entfalteten dadurch eine noch stärkere Wirkung. Auf dem Parkettboden lag wie zur Zierde ein Teppich, der ebenfalls wie ein Gemälde aussah und wie Nina noch keinen gesehen hatte. Möbel im Bauhausstil waren gekonnt gemischt mit Antiquitäten. Dass auf dem Kaminsims Bernsteine in verschiedensten Größen lagen, irritierte Nina einen Augenblick lang, denn für sie hatte Bernstein etwas Spießiges, und in dieser Wohnung existierte ansonsten offenbar nichts Spießiges. Auf dem Tisch stand eine geöffnete Flasche Rotwein.

Frau Anders zeigte in Richtung des Rundumbalkons und sagte amüsiert: »Dort ist das Drama passiert. Auch ein Glas?«

Nina trat auf den Balkon hinaus. Der Mann des Hauses stand an der Brüstung und blickte ihr entgegen, als wäre er in Gedanken. Nina fand ihn auf Anhieb sympathisch, weil er sich um die kleine Möwe kümmerte. Vielleicht auch, weil er recht attraktiv war. Er wirkte jünger als seine Frau, wesentlich jünger.

»Ich glaube, ich weiß jetzt, wie wir es machen könnten«, meinte er. »Das Problem ist, dass man die Jungen angeblich nicht anfassen darf, wenn man sie ins Nest zurücksetzen will. Wenn man sie anfasst, rührt die Mutter sie nicht mehr an. Vielleicht ist das aber auch gar nicht wahr. Ich habe keine Ahnung. Deshalb sollten wir auf Nummer sicher gehen.«

Nina stand unschlüssig in der Tür und schaute auf das Möwenjunge, das wie ein Igel zusammengerollt in einer Ecke hockte und vor lauter Angst bereits mehrmals auf den schimmernden Schieferboden gekackt hatte. Sie reichte dem Mann die Hand.

»Nina Wagner. Wir wohnen gegenüber.«

»Pierre Valet«, erwiderte der Mann. »Freut mich sehr. Wir haben Sie drüben einziehen gesehen. Da haben Sie sich wirklich eine tolle Wohnung ausgesucht.«

Nina blickte zur kleinen Möwe, die jetzt vorsichtig ihre Flügel richtete.

»Monica!«, rief der Mann.

Die Frau des Hauses und Jan erschienen in der Balkontür, beide mit vollen Gläsern in den Händen.

»Monica, sei so gut und bring uns beiden doch mal ein altes Handtuch«, sagte Pierre Valet.

Monica lächelte Jan an, als wäre sie mit ihm verbündet, bevor sie in die Wohnung zurückging.

Valet zog eine Leiter aus, die aufs Dach führte, breitete das Handtuch aus, das seine Frau ihm brachte, und umschloss damit sehr behutsam den kleinen Vogel. Dieser ließ es geschehen, als wüsste er, dass ihm geholfen würde, oder als wäre er vor Angst erstarrt. Valet übergab die Möwe Nina und stieg die Leiter hinauf. Als er oben angekommen war, machte er Nina ein Zeichen, ihm den Vogel zu reichen. Nina spürte den beängstigend starken

Herzschlag des Jungen durch das Handtuch. Valet entließ es auf das Dach. Seine Frau klatschte.

»Du bist ein Held!«

Nina und Jan pflichteten ihr bei, und Pierre Valet befand, dass man gemeinsam darauf anstoßen sollte, wenn man ein Leben gerettet hatte.

Nach Mitternacht saßen sie immer noch beisammen. Monica Anders während des gesamten Abends dicht neben ihrem Mann auf dem großen Sofa. Sie war die Inhaberin der schönen kleinen Galerie für zeitgenössische Kunst im Strandbahnhof. Pierre Valet streichelte die Hand seiner Frau, als er erzählte, dass er oft als Kunstwissenschaftler unterwegs wäre. So bereite er gerade wieder Vorträge vor, die er demnächst auf einem Kreuzfahrtschiff halten sollte. Nur einmal, als er auf Ninas Frage nach der Bernsteinsammlung zu einem längeren Vortrag über seine Passion als Sammler dieser edlen Steine ausholen wollte, unterbrach seine Frau ihn mit den Worten: »Wir wollen doch unsere neuen Nachbarn nicht langweilen.«

Als Nina und Jan sich schließlich verabschiedeten, waren sie ziemlich betrunken. Noch eine Weile kicherten sie in der Tür mit den netten Eheleuten von gegenüber, die sich an den Händen hielten.

»Ich hoffe, Sie werden in Ihrer neuen Wohnung genauso glücklich, wie wir es hier immer waren«, sagte Monica Anders, bevor Jan und Nina die Treppen hinabstiegen.

»Sind«, fügte Pierre Valet hinzu. »So glücklich, wie wir hier sind.«

»Ja, das hoffe ich auch«, meinte Nina, als Jan ihr den Arm um die Schulter legte und sie gemeinsam über die Straße Mittschiffs auf ihr Wohnhaus zuwankten.

»Was hoffst du?«, fragte Jan.

»Dass wir hier so glücklich werden wie unsere Nachbarn.«

Jan umfasste Nina fester. »Werden wir. Versprochen.«

3

Kaum hatte sie die Tür hinter Jan und Nina geschlossen, machte Monica sich von ihrem Ehemann los, eilte zurück ins Wohnzimmer, goss sich den Rest aus einer Rotweinflasche in ihr Glas, trank es leer und holte eine weitere Flasche.

»Was ist jetzt wieder los?«, fragte Pierre.

Monica hantierte mit dem Flaschenöffner, rutschte aber immer wieder vom Korken ab. Er nahm ihr die Flasche und den Öffner ab.

»Lass uns lieber schlafen gehen, wir haben für heute genug.«

»Ich habe genug! Von deinem Rumgemache mit anderen Frauen!« Monica fiel nach hinten aufs Sofa. »Denkst du, ich habe nicht bemerkt, dass du das Mädchen gut findest?«

»Das ist doch kein Mädchen mehr!«, entgegnete Pierre.

»Siehst du, du findest sie gut!«

»Quatsch! Ich war nur nett.«

»Sie könnte deine Tochter sein!«

»Unsinn! Sie ist mindestens Mitte dreißig, und ich bin Mitte vierzig.«

»Ende vierzig«, murmelte Monica. »Und ich bin Ende fünfzig. *Meine* Tochter könnte sie sein. Und das ist das Problem! Ich bin dir zu alt. Deshalb machst du mit anderen Frauen rum. So wie mit dieser blöden Entertainmentmanagerin auf deinem Schiff!«

Pierre stand hilflos am Tisch. »Bitte fang nicht schon wieder davon an! Lass uns lieber schlafen gehen.«

Monica zündete sich eine Zigarette an. »Ich will jetzt aber noch Wein trinken!«

Pierre goss seiner Frau ein. »Dann trink! Ich gehe schlafen.«

»Geh doch!«, schrie Monica. »Geh doch zu deiner Geliebten!« Sie begann zu weinen. Weil sie sich selbst nicht mochte, wenn sie so war, und trotzdem nicht damit aufhören konnte, so zu sein. Oder weil sie solch große Angst hatte, dass Pierre ging, nicht nur jetzt allein ins Bett, sondern für immer. Doch Pierre blieb im Zimmer und setzte sich in einen Sessel.

»Monica, ich habe dir geschworen, dass ich mit Marion Schluss gemacht habe. Was soll ich noch tun?«

Monica wischte sich mit dem Handrücken über die Augen. »Bei mir bleiben! Geh bitte nicht wieder auf dieses Schiff! Zu ihr.«

»Ich bleibe bei dir. Aber ich muss diese eine Reise noch machen. Ich habe dafür einen Vertrag unterschrieben.«

»Ich scheiße auf den Vertrag!«, sagte Monica leise und trank ihr Glas leer.

»Es ist die letzte Reise, für die ich einen Vertrag habe, und du weißt, wir brauchen das Geld. Deine Galerie …«

»Jetzt fang ja nicht damit an! Jetzt bin ich noch schuld, weil meine Galerie nicht gut läuft, dass du mit dieser Schlampe auf dem Schiff etwas angefangen hast!«

Nun goss sich Pierre doch noch etwas Wein ein.

»Zum hundertsten Mal: Du bist nicht schuld. Niemand ist schuld. Es hat sich so ergeben, es ist einfach passiert. Und ich habe es beendet.«

Monica lachte höhnisch auf.

»Es hat sich so ergeben …! So einfach ist das. Man gibt nicht allen Sachen nach, die sich so ergeben! Wie würdest du es denn finden, wenn ich alle Sachen mache, die sich ergeben?«

Pierre schaute seine Frau überrascht an, so als wäre er noch nie auf die Idee gekommen, dass sich bei ihr etwas »ergeben« könnte. Monica hielt seinem Blick mit einem triumphierenden Lächeln stand, auch wenn ihr gleichzeitig bewusst wurde, dass ihr schon lange kein fremder Mann Avancen gemacht hatte. Früher, ja, als sie noch nicht mit Pierre verheiratet war. Und auch noch zu Beginn ihrer Ehe, als sie Anfang vierzig und sehr glücklich war, da hatte sie sich vor Männern, die mit ihr flirteten, kaum retten können. Vermutlich, weil sie ihr Glück ausstrahlte. Niemals war sie auf die Idee gekommen, Pierre zu betrügen. Doch er …!

»Wer sagt mir, dass du tatsächlich Schluss mit ihr gemacht hast?«, fragte sie.

»Ich sage es dir, zum hundertsten Mal!«

»Wer sagt mir, dass du nicht wieder etwas mit ihr anfängst, wenn du an Bord sein wirst?«

Pierre schüttelte resigniert den Kopf. »Du kannst ja mit auf die Reise kommen und auf mich aufpassen.«

»Ganz bestimmt werde ich das nicht tun!«, erwiderte Monica.

»Früher bist du öfter mitgekommen, es war immer schön, wenn wir zusammen auf dem Schiff waren.«

Monica nickte. Ja, sie hatte ein paar unvergessliche Schiffsreisen gemacht. Die schönste war die, als sie Gast auf der MS »Europa« war und Pierre kennenlernte. Nachdem er die Vernissage eines Künstlers an Bord eröffnet hatte, waren sie bei Champagner ins Gespräch gekommen und hatten sich wohl noch am selben Abend ineinander verliebt. Am Ende der damaligen Kreuzfahrt hatte Pierre beschlossen, seine Familie für Monica zu verlassen. Es war ihr damals wie ein großer Liebesbeweis erschienen, dabei hätte es ihr wohl eher eine Warnung sein sollen, wie schnell er sich verliebte und wie schnell er bereit war, alles für eine andere Frau aufzugeben.

»Vielleicht bekomme ich es in der Reederei noch arrangiert, dass du mitfahren kannst«, schlug Pierre vor.

Monica erhob sich wankend.

»Ich werde auf keinen Fall einen solchen Kahn wie die MS ›Azzuro‹ betreten. Wenn du wenigstens noch auf solchen schönen Schiffen wie unserer ›Europa‹ fahren würdest. Aber dort engagieren sie dich ja nicht mehr. Außerdem wäre es unerträglich für mich, deiner Schlampe zu begegnen. Und ich wünschte, du würdest auch nicht fahren.«

Pierre erhob sich ebenfalls.

»Ich muss diese Kreuzfahrt noch machen. Du weißt, dass ich da noch etwas zu erledigen habe. Ich kann den Typen nicht einfach so davonkommen lassen, wenn er tatsächlich ein Kunstfälscher ist. Er ist wieder an Bord und will ahnungslosen Kunden seine Sachen verkaufen …«

Monica winkte unwirsch ab, bevor sie das Zimmer verließ.

»Das interessiert mich alles überhaupt nicht! Mach du deine letzte Reise! Aber ohne mich!«

4

Ich lasse mir nicht unser Leben zerstören. Ich lasse mir nicht mein Leben zerstören.

Nur weil dieser eine Mensch meint, er könne das, er müsse das. Ohne Rücksicht auf Verluste. Ich werde ihn davon abhalten. Das hat er nun davon, dass wir ihm so lange vertraut haben. Dass er uns so lange vertraut hat. Deshalb weiß ich so vieles über ihn. Auch, wohin er immer geht. Und was er dort sucht. Ich werde dafür sorgen, dass es das letzte Mal sein wird.

5

Er war an diesem frühen Morgen der einzige Mensch auf der Straße Mittschiffs, nicht mal im Godewindpark war schon jemand unterwegs, um seinen Hund auszuführen. Wieder einmal faszinierte Pierre die Idylle, die dieser Park ausstrahlte, mit seinen beiden miteinander verbundenen Teichen, die wie Seen anmuteten, über die eine Brücke führte. Die Pavillons aus hohen Hecken und besonderen Sträuchern, in denen Menschen ausruhen oder picknicken konnten. Die riesigen, seltenen Bäume, deren Äste bis übers Wasser ragten und dem Park etwas Verwunschenes verliehen. Schwäne und Enten waren auf der Suche nach Nahrung für ihre Jungen. Der Ausblick von der Wohnung auf diesen Park, hinter dem man die Wellen der Ostsee rauschen hörte und abends die beleuchteten Fähren aufs Meer hinausfahren sah, war einer der Gründe gewesen, weshalb sich Monica und Pierre in die Wohnung Mittschiffs verliebt und sie kurz entschlossen gekauft hatten. Eine Weile waren sie dort glücklich gewesen. Sehr glücklich. Jetzt ging Pierre allein am Strand entlang und musste sich ermahnen, die Schönheit des Meeres, des Himmels und der Weite wahrzunehmen.

Er verharrte am Ufer und ließ den Blick schweifen. Danach begann er, auf seiner gewohnten Strecke zwischen Sand und Steinen nach Bernstein Ausschau zu halten. Wenn Monica ihm wohlgesinnt war, bezeichnete sie seine Bernsteinsammelei als eine Passion. Wenn sie ihm schlecht gesinnt war, verglich sie ihn mit spießigen Sammlern von Bierdeckeln oder Briefmarken. In Wahrheit war das Suchen von Bernstein für Pierre zu einer Zwangshandlung geworden. Wenn es ihm nicht gut ging oder er dringend über etwas nachdenken oder gar eine wichtige Entscheidung treffen musste, dann gelang ihm dies am besten, wenn er wie mit einem Tunnelblick Ausschau nach Bernstein hielt. An diesem Morgen traf alles zusammen zu: Es ging ihm nicht gut. Er musste dringend über etwas, über mehreres nachdenken. Und er musste eine Entscheidung treffen.

Er hatte Monica einen Zettel mit der Nachricht, dass er an »seine Bernsteinküste« ginge, auf den Tisch gelegt, obwohl sie wusste, wo er war, wenn er in aller Frühe allein loszog. Pierre hatte die Wohnungstür leise hinter sich geschlossen, um seine Frau nicht zu wecken, denn er wollte ihr nach dem gestrigen Abend nicht begegnen, so verkatert, wie sie sicherlich war. Sie hatten sich in der vergangenen Nacht wieder einmal so vieles gesagt, was nun zwischen ihnen stand und vielleicht für immer zwischen ihnen stehen würde, auch wenn Monica am Morgen nach solchen Abenden dies meist bedauerte und weinerlich, fast wie ein kleines Mädchen war, das wieder »lieb« sein wollte.

Doch Monica war nicht lieb, sie war krankhaft eifersüchtig. Das war sie bereits, bevor Pierre etwas mit einer anderen Frau angefangen hatte. Monica würde immer eifersüchtig bleiben, auch wenn Pierre inzwischen mit seiner Geliebten auf der MS »Azzuro« Schluss gemacht hatte. Er musste darüber nachdenken, wie er das weiterhin aushalten konnte. Monicas stetige Eifersucht. Diese Ehe. Das Leben mit ihr. Außerdem die Drohungen seiner Geliebten. Niemals hätte Pierre gedacht, dass diese fröhliche Frau, die für die an Bord der MS »Azzuro« engagierten Künstler und deren Entertainmentprogramme verantwortlich war, so reagieren würde, wenn er sie bat, den Spaß, den sie fast zwei Jahre lang auf ihren gemeinsamen Kreuzfahrten gehabt hatten, zu beenden.

Nachdem sie begannen, sich heimlich in seiner Kabine zu treffen, hatten sie vereinbart, dass alles nur zum Vergnügen wäre, keiner zu etwas verpflichtet sei und sie damit aufhörten, wenn sie daran die Lust verlören. Wie sie sich verhielten, wenn nur einer von beiden die Lust verlor, darüber hätten sie wohl auch eine Vereinbarung treffen sollen. Eigentlich hatte Pierre nicht die Lust verloren, ganz im Gegenteil, in seinen erotischen Phantasien kam bis heute immer noch Marion vor. Doch sie hatte irgendwann angefangen, mehr von ihm zu wollen als nur Spaß. Ein Leben mit ihm. Offiziell auf dem Schiff und an Land ebenfalls. Pierre lehnte das ab. Daraufhin hatte Marion ihn gestalkt, wenn er in Travemünde bei seiner Frau war. Bombardierte ihn mit Anrufen und Mails, sodass es nur eine Frage der Zeit gewesen war, bis Monica dahinterkam, dass Pierre eine Geliebte hatte. Seitdem spielten sich nicht nur an Bord der MS »Azzuro« für Pierre Dramen ab, sondern auch, wenn er daheim war.

Wie dumm von Marion! Wäre sie die Frau geblieben, die anfangs heimlich, fröhlich, frech und unverbindlich mit ihm ins Bett stieg, hätte er sich vielleicht sogar für ein Leben mit ihr entschieden. Nun hatte er beschlossen, bei Monica zu bleiben. Denn weshalb vom Regen in die Traufe wechseln?

Auf Höhe der Segelschule, kurz vor der Steilküste mit ihrem Naturstrand, wo sich auch FKK- und Hundestrand befanden, glitzerte Pierre ein erster Bernstein im flachen Wasser entgegen. Er bückte sich, hob ihn auf und hielt ihn gegen das Licht der Sonne, die am Horizont höher und höher stieg. Ein kleiner Einschluss war zu erkennen, so lange, bis der Stein in Pierres Händen getrocknet war. Er fand die Steine am schönsten, wenn sie nass waren, deshalb rieb er sie zu Hause immer mit einem leichten Öl ein.

Pierre blickte über die Ostsee. Die MS »Azzuro« fuhr gerade aus der Trave aufs Meer hinaus. Der Anblick »seines« Kreuzfahrtschiffes hatte ihn bis vor Kurzem ähnlich beglückt wie ein Bernsteinfund. Doch heute Morgen versetzte er ihm einen schmerzhaften Stich. Wenn die schiffseigene Auslaufmelodie »Song of Azure« noch nicht verklungen wäre, hätte er sich jetzt sicherlich sogar die Ohren zugehalten.

Pierre hatte gewusst, dass »sein Schiff« über Nacht in Travemünde lag. Als er an Bord noch keine Probleme hatte, wäre er auf jeden Fall abends hingegangen und hätte die Mitglieder der Crew und auch einige Künstler, die er seit Jahren kannte, begrüßt. Er hätte an Bord einen Drink genommen, während die meisten Gäste des Kreuzfahrtschiffes während der Overnight organisierte Ausflüge nach Lübeck, Hamburg oder vielleicht ins Restaurant des Drei-Sterne-Kochs Kevin Fehling im »Columbia Hotel« machten. Dieses Mal erinnerte Pierre der Anblick der »Azzuro« allerdings ausschließlich daran, dass das Schiff bereits in wenigen Tagen nach Travemünde zurückkehren würde und er seine vermutlich letzte Reise darauf antreten musste. Gemeinsam mit Marion. Die Entertainmentmanagerin, die bis vor Kurzem seine heimliche Geliebte war, hatte ihm gedroht, dafür zu sorgen, dass er weder auf der MS »Azzuro« noch auf einem anderen Schiff auf der Welt jemals wieder engagiert würde, wenn er es wage, die Affäre mit ihr zu beenden. Sie würde schon eine gute Begründung dafür finden, dass sein Name auf die »Schwarze Liste« der Kreuzfahrtreedereien gesetzt würde.

Es gab jedoch noch einen anderen Grund, weshalb Pierre die bevorstehende Schiffsreise scheute: Er war hinter die Machenschaften eines bekannten Galeristen, der schon jahrelang auf der MS »Azzuro« Bilder ausstellte und verkaufte, gekommen. Felix Manthei. Dieser sympathische Mann mit seinem einnehmenden Wesen, der einen tadellosen Ruf auf der MS »Azzuro«, in seiner Heimatstadt Köln und darüber hinaus als Maler und Galerist in ganz Deutschland genoss, hatte offenbar schon vor Jahren begonnen, Bilder unter dem Namen Eugen Kästners, eines vor Jahrzehnten verstorbenen expressionistischen österreichischen Künstlers, zu verkaufen. Bilder, die Felix Manthei selbst gemalt hatte. Fälschungen, für die er immer höhere Preise erzielte, weil die Nachfrage nach den Werken des angeblich verschollenen Expressionisten so groß war, dass ein angesehenes Auktionshaus sie im Auftrag Mantheis zu schwindelerregend hohen Summen versteigerte.

Angefangen hatte wohl alles damit, dass Felix Manthei zufällig an eine Arbeit des österreichischen Malers Eugen Kästner aus den 1920er-Jahren gekommen war und ihm ein Sammler viel Geld für diese bezahlte. Manthei gab vor, noch weitere Arbeiten auf irgendeinem Dachboden entdeckt zu haben, und begann, die Bilder des Künstlers systematisch zu fälschen. Anfangs bot er geschickt dosiert immer mal wieder nur eine dieser Fälschungen auf dem Markt an, so auch in der Galerie an Bord der MS »Azzuro«.

Sogar Pierre hatte Felix Manthei die geschickt gewebte und erzählte Legende des inzwischen fast vergessenen Expressionisten abgenommen und dessen Ausstellungen mit Laudationen eröffnet. Es waren ja an Bord immer schon mal von anderen Galeristen echte Werke berühmter Künstler ausgestellt und verkauft worden – zum Beispiel von Lyonel Feininger und Heinrich

Zille. Außerdem hatte Pierre dem Galeristen vertraut. Er hatte sich mit ihm und dessen Frau angefreundet und wäre niemals auf die Idee gekommen, dass Felix ein Fälscher sein könnte. Ein Betrüger. Das war es, was Pierre am stärksten bedauerte: dass er sich mit jemandem angefreundet hatte, dem er blind vertraute und von dem er über Jahre betrogen wurde. Vielleicht hatten Felix und Saskia Manthei nach netten gemeinsamen Abendessen oder Barbesuchen über Pierre gelacht. Wie dieser so dumm sein konnte, als der Kunstexperte an Bord nicht zu bemerken, dass er die Fälschungen Felix Mantheis den Gästen als wertvolle Kunstwerke anpries. Es machte Pierre immer noch wütend, dass er nicht nur auf diese Leute reingefallen war, sondern sich von ihnen auch noch hatte benutzen lassen. Oder wusste Felix Mantheis Ehefrau gar nichts von den Machenschaften ihres Mannes?

Pierre wäre vielleicht niemals dahintergekommen, wenn Felix Manthei irgendwann nicht zu gierig und dadurch unvorsichtig geworden wäre. Weil die Nachfrage nach »seinen« Werken Eugen Kästners stetig stieg, lieferte er in immer höherem Tempo welche nach. Bis sich jemand fragte, wie das sein konnte. Felix Manthei hatte jedoch stets für alles eine plausible Begründung parat. Er malte und verkaufte weiterhin, ließ versteigern – und er verschenkte. Das war es, was Pierre schließlich stutzig werden ließ. Felix Manthei hatte nicht nur einem Schlagzeuger der Bordband, mit dem er sich angefreundet hatte, eine kleine Arbeit des angeblichen österreichischen Expressionisten geschenkt, sondern auch dem Kapitän und dem Hoteldirektor.

Eines Tages hatte er auch Pierre ein Bild von Eugen Kästner überreicht. Pierre hatte es damals fast peinlich berührt, ein so wertvolles Geschenk anzunehmen. Doch irgendwann sah er sich das Bild genauer an und konnte es kaum glauben: die Signatur, das Papier, die Farben … eine dreiste Fälschung! Er recherchierte über den Künstler aus den 1920er-Jahren, dessen Werk in spärlichen Veröffentlichungen im Internet als wenig umfangreich beschrieben wurde. Durch die vielen Arbeiten, die Felix Manthei in den vergangenen Jahren angeblich aufgetrieben, verkauft und verschenkt hatte, war jedoch der gegenteilige Eindruck entstanden, nämlich dass Eugen Kästners Werk ziemlich voluminös war.

Pierre fiel zunächst auf, dass die meisten Arbeiten, die Manthei verkauft hatte, dasselbe Format aufwiesen. Die Motive ähnelten sich so wie die Farben. Die Signatur war nur ein »K«, so wie sie der österreichische Maler immer verwendet hatte. Einfach zu kopieren. Pierre fühlte sich gedemütigt. Wie konnte Felix Manthei so dreist sein, ihm, seinem Freund, der außerdem ein Fachmann war, eine Fälschung zu schenken! In einem Anfall von Wut und ohne jemandem etwas zu sagen, gab Pierre das Bild schließlich zur Prüfung an einen Experten für österreichischen Expressionismus. Dabei hoffte er immer noch, dessen Echtheit bestätigt zu bekommen. Wenn Pierre etwas hasste, war es, in Schwierigkeiten zu geraten. Doch er ahnte bereits, dass er Felix Manthei als Betrüger entlarven würde und überführen musste.

Wie sehr hatten Pierre, Felix und Saskia Manthei sich jedes Mal gefreut, wenn sie sich auf der »Azzuro« wiedertrafen. Sie hatten oft gemeinsam zu Abend gegessen, über Kunst philosophiert, übers Leben an sich – oder hatten fröhlich miteinander gefeiert. Seit der letzten Reise gab es nun diesen Bruch zwischen ihnen. Pierre hätte die bevorstehende Tour am liebsten abgesagt, doch er hatte einen Vertrag mit der Reederei unterschrieben. Also würde er in wenigen Tagen Felix Manthei begegnen, den er vor Kurzem damit konfrontiert hatte, dass er hinter dessen Machenschaften gekommen war.

Es war an einem Abend in der »Azzuro«-Bar gewesen. Pierre hatte vorher Felix' Ausstellung feierlich eröffnet. In der Galerie hingen Arbeiten einiger zeitgenössischer Kölner Künstler – und drei Bilder des begehrten österreichischen Expressionisten Eugen Kästner.

»Ich verlange, dass du die Kästner-Bilder heute noch abhängst!«, sagte Pierre, nachdem er einen kräftigen Schluck von seinem Long Island Ice Tea getrunken hatte, dem alkoholhaltigsten Cocktail, den es an Bord gab.

Felix schaute verständnislos von seinem Whiskey Sour auf.

»Wieso das denn?«

»Das weißt du genau! Häng sofort die Fälschungen ab! Wenn ich sehe, dass auch nur an einem der Bilder ein roter Punkt klebt, weil du es verkauft hast, werde ich nicht länger schweigen.«

Felix lachte auf. »Was ist denn in dich gefahren?«

Pierre blickte sich in der Bar um, niemand schien ihnen zuhören zu können.

»Ich habe eines der Bilder untersuchen lassen. Das Papier ist erst ein paar Wochen alt, so wie die Farben auch«, flüsterte er Felix zu. »Hör auf damit, diese Fälschungen zu verkaufen! Noch weiß niemand davon. Du kannst die Bilder unter einem Vorwand zurückholen und den Käufern das Geld erstatten.«

Felix trank sein Glas in einem Zug leer und bestellte beim Barkeeper ein weiteres.

»Worüber redest du?«, fuhr er Pierre an. »Ist das der Dank dafür, dass ich dir eine so wertvolle Arbeit geschenkt habe, die Tag für Tag im Wert steigt?«

»Diese Arbeiten steigen nicht im Wert, denn *du* hast sie gemalt! Das ist Betrug!«, entgegnete Pierre lauter, als er wollte.

Ein Pärchen, das unweit entfernt saß, blickte jetzt interessiert zu ihnen herüber.

Pierre und Felix schwiegen eine Weile. Plötzlich erhob sich Felix vom Barhocker und griff nach seiner Schlüsselkarte, die er auf dem Tresen abgelegt hatte.

Pierre hielt ihn am Arm fest.

»Du bist mein Freund. Wenn du mir versprichst, dass du den Schaden wiedergutmachst, bleibt alles unter uns.«

Felix befreite sich abrupt aus Pierres Griff.

»Hast du eine Ahnung, wie viele Bilder das sind? Und wie viel Kohle ich dafür aufbringen müsste, wenn ich sie zurückkaufen sollte? Ich weiß außerdem gar nicht mehr, bei wem überall welche gelandet sind. Die Kunden sind doch glücklich mit ihren Wertanlagen. Sollen sie es auch bleiben. Ich werde gar nichts tun!«

Pierre erhob sich ebenfalls.

»Dann werde ich dich anzeigen müssen. Und du wirst im Knast landen«, sagte er beinahe resigniert.

Jetzt griff Felix nach Pierres Arm. »Wenn du das tust, bringe ich dich um!«

6

Während Jan das »Lübecker Tageblatt« und die Post aus dem Briefkasten im Treppenhaus holte, goss Nina ihm und sich Kaffee ein und löste für jeden von ihnen Aspirin in Wassergläsern auf. Die Morgensonne schien bereits grell auf den Balkon. Nina fuhr die Markise aus – wieder einmal fasziniert vom Design des Stoffes aus den 1970er-Jahren: Efeuranken. »Gestreift kann jeder«, hatte Jan lachend gemeint, als sie die Wohnung bezogen.

Die drei Möwenjungen auf dem bemoosten Flachdach des Hauses gegenüber liefen aufgeregt ihrer Mutter hinterher, die eilig versuchte, Futter herauszuwürgen, das sie vorverdaut hatte.

Offenbar hatte der abendliche »Ausflug« dem dicksten der Jungen nicht geschadet, es wurde weiterhin in der Familie geduldet und fraß am gierigsten von allen. Hinter einem der Fenster darunter beobachtete Nina Monica Anders, die im weit geöffneten Kleiderschrank in die Taschen der Sakkos ihres Mannes griff, bevor sie sich zwei Koffer und eine Reisetasche vornahm und offensichtlich auch hier nach etwas suchte. Vielleicht war sie dabei, Pierre die Sachen für die bevorstehende Schiffsreise zu packen.

Jan warf einen Stapel Briefe auf den Frühstückstisch.

»Post aus Lübeck!«

Nina lachte sarkastisch auf. »Post aus Lübeck« bedeutete nichts Gutes, diese Erfahrung hatten Nina und Jan inzwischen gemacht. Seit sie die Wohnung Mittschiffs gekauft hatten oder, richtig gesagt, Jan die Wohnung gekauft hatte, kamen ständig Rechnungen. Fast sieben Prozent der Kaufsumme forderte der Makler, mit dem sich Jan zunächst rechtlich auseinandersetzen musste, um diese überhaupt zu bekommen. Der Notar erhielt eine Menge Geld für die Beglaubigung und Abwicklung des Kaufvertrages, die Wohnungsverwaltung schickte sofort die Festsetzung der monatlichen Betriebskosten. Strom- und Wasserversorgungsunternehmen richteten die Gebühren nicht nach der Zahl der Personen, die im Haushalt lebten, sondern nach

Größe der Wohnung – und die Wohnung war groß. Wie die meisten Häuser in der Lübecker Bucht lag auch das Haus, in dem sich Ninas und Jans Wohnung befand, auf einem Erbpachtgrundstück, und so wurde eine monatliche Gebühr an den Grundstücksbesitzer fällig. Und anderes mehr. Nicht, dass Nina und Jan nicht damit gerechnet hatten, dass sie das alles bezahlen mussten, doch »Post aus Lübeck« bedeutete auch »unverhoffte Post aus Lübeck«.

Travemünde war ein Vorort von Lübeck, der von Immobilienmaklern oder vom Fremdenverkehrsamt gern als »schönste Tochter Lübecks« bezeichnet wurde. Das ließ sich die Stadt Lübeck von den Menschen, die nach Travemünde reisten oder zogen, offenbar gut bezahlen. Mit Strandgebühren, die genauso regelmäßig erhöht wurden wie die Summen, die man für die Nutzung eines Strandkorbs entrichtete. Mit hohen Mieten, die zum Beispiel Gastronomen für ihre Cafés, Restaurants, Kneipen oder auch für die zu Festlichkeiten wie der Travemünder Woche aufgestellten Zelte und Buden bezahlen mussten. Oder mit Zweitwohnungssteuern, die Eigentümer für ihre selbst genutzten Ferienwohnungen abführen mussten. Eine Steuer hier, eine unverhoffte Gebühr dort. Nina hatte den Eindruck, dass sich Lübeck, angeblich eine der bankrottesten Städte in Deutschland, Geld holte, wo und von wem es nur konnte. »Post aus Lübeck« konnten ebenfalls Rechnungen sein, die wie die heutige gleich als Mahnung daherkamen.

Jan legte den Brief beiseite.

»Verstehe ich nicht. Kannst du dich erinnern, dass uns diese Steuerbehörde schon mal etwas geschickt hat?«

Nina nahm den Brief an sich und faltete ihn auseinander. Innerhalb von sieben Tagen wurde einmalig eine Gebühr von fünfhundertzweiundfünfzig Euro fällig. Ihre Stimmung schlug um. Wie lange konnte Jan diese ständigen Beträge noch überweisen? Wie lange wollte sie dabei noch tatenlos zusehen? Sie musste endlich wieder Geld verdienen! Vielleicht sollte sie ihrer Mutter vorschlagen, dass sie deren Putzjobs in der Maritim-Residenz übernahm, so wie vor zwei Jahren, als ihre Mutter es mit der Bandscheibe hatte. Doch bei einem Stundensatz von zehn Euro müsste Nina, allein um diese Rechnung begleichen zu können, über fünfundfünfzig Stunden putzen. Trotzdem wäre es vielleicht besser, als nichts zu tun oder vergeblich auf Aufträge als Übersetzerin oder Ermittlerin zu warten.

»Vielleicht ist der erste Bescheid mit der Post verloren gegangen«, sagte sie.

»Glaube ich nicht«, erwiderte Jan. Er blickte auf die Uhr und nahm das Handy, das neben seinem Teller lag.

»Mich macht das langsam sauer. Du erinnerst dich an die Reportage, die neulich im ZDF gezeigt wurde? Über Lübeck, das so pleite ist. Mit dem ganzen Geld aus Travemünde werden in Lübeck sicherlich irgendwelche Löcher gestopft. Ohne Travemünde könnte Lübeck vermutlich dichtmachen.«

Nina erinnerte sich an den erschreckenden Fernsehbericht. Über eins Komma drei Milliarden Euro Schulden bei rund zweihundertzehntausend Einwohnern und jährlich circa fünfundachtzig Millionen Euro weitere Schulden. Dreißig Millionen Euro Steuern gab die Gemeinde nur für die Zinsen der städtischen Kredite aus. Und doch existierte kein Geld für die Sanierung einiger Brücken, die so marode waren, dass man sie nicht mehr befahren konnte und Menschen somit abgeschnitten in ihren Wohnvierteln lebten. Oder für Schulen, in denen Kinder schon seit Jahren Toiletten nicht mehr benutzen konnten, weil diese verstopft oder defekt waren. Lübeck schaffte es offenbar nicht, dass sich die Umstände verbesserten. Auch das Geld, das aus Travemünde kam, war dafür anscheinend zu wenig.

»Ich habe dir schon mal geraten, du solltest Bürgermeister von Travemünde werden«, meinte Nina lächelnd. Sie fuhr mit der Hand durch die Luft, als würde sie einen Schriftzug zeichnen. »Freistaat Travemünde«, sagte sie und fuhr fort: »Wir sollten unabhängig von Lübeck werden. So wie man es angeblich in Venedig jetzt auch versucht, weil man dort nicht mehr will, dass das ganze Geld, das die Touristen einbringen, in die Kassen des bankrotten Roms fließt.«

»Unbedingt!«, sagte Jan lachend, und Nina war froh, dass sie ihn etwas erheitern konnte. Als er die Nummer, die auf dem Briefkopf der Mahnung stand, in sein Telefon tippte, erhob sie sich und ging in die Wohnung, als wolle sie noch etwas fürs Frühstück holen. Es war ihr unangenehm, wenn Jan am Telefon gegenüber anderen sehr deutlich wurde. Etwas, das er besser konnte als sie. Als sie kurz darauf zu ihm zurückkehrte, hatte er das Telefonat bereits beendet.

»Unfassbar!«, meinte er. »Ich kam gar nicht dazu, zu fragen, weshalb wir statt eines normalen Bescheides gleich eine Mahnung bekommen haben. Die Frau in der Behörde fuhr mir über den Mund, sie würde immer gleich Mahnungen rausschicken, denn das würde weniger Arbeit machen und den Geldeingang beschleunigen. Als ich ihr sagen wollte, dass das rechtlich fragwürdig sei, fragte sie mich, ob ich mir vorstellen könne, wie es auf ihrem Schreibtisch aussähe.«

Jan faltete die Post aus Lübeck zusammen. »Dann wollen wir der Frau mal die Arbeit erleichtern und innerhalb einer Woche die Rechnung bezahlen.«

In Nina steigerte sich das schlechte Gewissen. Sie beschloss, sowie Jan sich auf den Weg in sein Büro gemacht hatte, ihre Mutter anzurufen und mit ihr über die Putzjobs zu sprechen, auch wenn sie keine Lust dazu hatte, denn sie hatte sich seit ihrem Auszug aus ihrem »Kinderzimmer«, in das sie vor zwei Jahren wieder eingezogen war, viel zu selten bei ihrer Mutter gemeldet.

Dies würde als Erstes Vorwürfe nach sich ziehen, die Nina nicht nur in Erklärungsnot bringen, sondern ihr weitere Schuldgefühle bereiten würden, dessen war sie sich sicher. Ihre Mutter hatte es schon immer gut verstanden, dafür zu sorgen, dass Nina sich wie ein kleines Mädchen fühlte, das wieder mal etwas falsch gemacht hatte. Kommentare wie »Ich dachte schon, du meldest dich nie mehr« oder »Wie schön, dass du deine Mutter noch nicht ganz vergessen hast« wollte Nina eigentlich nicht mehr hören, dabei wusste sie, dass mit jedem Tag, an dem sie sich nicht bei ihrer Mutter meldete, noch massivere Vorwürfe auf sie zukommen würden.

Die Mutter hatte es Nina bis heute nicht gedankt, dass sie vor zwei Jahren kurz entschlossen aus Hamburg nach Travemünde zurückgekehrt war, um ihr zu helfen, als es ihr gesundheitlich nicht gut ging. Damals konnte sie nicht nur nicht mehr in der Stadtbäckerei als Verkäuferin arbeiten, sondern auch ihre Putzjobs in der Maritim-Residenz nicht mehr erledigen. Wenigstens diese Jobs, denen Marianne Wagner seit Jahrzehnten bei Stammkunden nachging, sollten damals erhalten bleiben, denn sie brachten das notwendige Geld, um das kleine Haus am Kirchplatz halten zu können. Ninas Elternhaus. Sechzig Quadratmeter auf vier kleine Zimmer, Küche und Duschbad aufgeteilt.

Wie stolz war die Familie Wagner darauf gewesen, als sie vor über dreißig Jahren noch zu dritt dort wohnte. Mutter, Vater und Nina. Als Ninas Vater nicht mehr lebte, hatte ihre Mutter eines der Zimmer zur Vermietung an Feriengäste hergerichtet, um damit etwas Geld zu verdienen. Das klappte sogar ein paar Jahre lang, allerdings nur in der Hochsaison, wenn fast alles andere in Travemünde ausgebucht oder teurer war. Inzwischen mietete sich nur noch selten jemand in einem kleinen, dunklen Haus weitab vom Strand und ohne Balkon oder Garten ein – und sei es noch so kostengünstig. Kaum ein Feriengast wollte mit seinem Vermieter denselben Eingang teilen, gemeinsam Küche und Badezimmer benutzen und in dreißig Jahre alten, ausrangierten Schlafzimmermöbeln übernachten.

Als Nina vor etwa zehn Jahren nach Hamburg zog, hatte sie ihrer Mutter vorgeschlagen, ihr »Kinderzimmer« ebenfalls zu einem Gästezimmer umzurüsten. Marianne Wagner hatte dies mit der Begründung abgelehnt, dass keine Feriengäste mehr bei ihr wohnen wollten und Nina ihr Zimmer behalten solle, weil sie so jederzeit zurückkommen könne. Nina wollte nicht zurückkommen, sondern nur weg. Aber sie hatte versucht, es als Liebesbeweis ihrer Mutter anzusehen. Und doch war es dann passiert, dass zum Beispiel während der Travemünder Wochen, wenn der Ort bis auf das letzte freie Bett ausgebucht war, fremde Menschen in Ninas Bettwäsche schliefen und in dem Kram, den sie aus ihrer Mädchenzeit zurückgelassen hatte und den die Mutter regelmäßig abstaubte und drapierte, herumschnüffelten.

Nina hatte nie etwas dazu gesagt, aber als sie vor zwei Jahren in ihr Zimmer zurückzog, um der Mutter zu helfen, war sie sich dort wie eine Fremde vorgekommen. Das war nicht mehr ihr

Zimmer. Das war nicht mehr ihr Kram. Das war nicht mehr ihr Leben. Der Mutter dagegen ging es damals schlagartig besser. Doch sie gab es Nina gegenüber nicht zu, damit diese nicht auf die Idee kam, nach Hamburg zurückzukehren. »Was du nur an der Großstadt schön findest, dort gehörst du eigentlich nicht hin« oder »Also, ich könnte dort nicht leben« waren Kommentare, die die Mutter sich vergeblich zu verkneifen versuchte.

Nina ihrerseits gab nicht zu, dass sie nie wirklich in Hamburg angekommen war. Sie redete sich selbst ein, dass es wohl an ihrem Job lag, den sie einsam an ihrem Computer in der kleinen Wohnung unterm Dach in Barmbek machte. So wie die Mutter sich wohl einredete, dass Nina nach wie vor zu ihr in das Kinderzimmer unterm Dach im winzigen Haus am Kirchplatz gehörte. Immer, wenn es Reibereien zwischen ihnen gab oder Nina den Eindruck hatte, die Mutter käme jetzt wieder allein klar, ging es der Mutter schlagartig schlecht – im Rücken. Nina wusste, dass sie dies nur vorgab – und blieb.

Nachdem sie Jan wiedergetroffen hatte, übernachtete sie so oft wie möglich bei ihm. Es war vom ersten Tag an so, denn Jan wollte nichts anderes. Doch Nina wusste lange nicht, was sie wollte. Mit Jan nur zusammen sein, um vor ihrer Mutter zu fliehen? Um nicht wieder so allein in Hamburg zu sitzen? Oder liebte sie ihn tatsächlich? Sie wollte keinen Fehler machen und Jan schließlich verlieren, so wie sie ihn schon einmal verloren hatte.

Auch wenn es Jan damals schwerfiel, drängte er Nina nicht, endlich die Entscheidung für ihn zu treffen. Er machte alles richtig, auch dafür liebte Nina ihn. Nun lebte sie mit ihm. Sie war aus ihrem Kinderzimmer ausgezogen, ohne ihrer Mutter richtig zu erklären, weshalb und wohin. Etwas, wofür ihr die Mutter zu Recht Vorwürfe machen konnte. Längst hätte Nina sie zu sich in die neue Wohnung einladen können, doch wenn sie sich mal telefonisch danach erkundigte, wie es ihr ging, dann redete sie sich immer damit heraus, dass die Wohnung noch nicht fertig renoviert sei, bevor die Mutter etwas einfordern konnte.

Dabei hatte Nina den Eindruck, dass ihre Mutter gar nicht interessiert war, ihr neues Zuhause zu sehen. Sie schien sich nicht mal dafür zu interessieren, wie es ihrer Tochter ging. Nina konnte sich nicht daran erinnern, dass sie jemals danach gefragt hatte. So wie die Mutter sie auch niemals anrief. Immer musste Nina sich melden. Die Mutter verhielt sich bis heute so, als sei Telefonieren etwas, das sie sich als kranke und bemitleidenswerte Frau nicht leisten konnte. Doch Telefonieren kostete kaum noch Geld, und Nina fragte sich neuerdings, wie es sein konnte, dass man sich als Mutter nicht wirklich für sein Kind interessierte, sondern nur für sich selbst. Als wäre es die Pflicht eines Kindes, ständig für seine Eltern da zu sein. War es nicht eher so, dass Eltern für ihre Kinder da zu sein hatten? Ein Leben lang.

Nina hatte nur noch ihre Mutter. Sollte die nicht mehr Interesse daran haben, wie es ihr ging, wo sie lebte und mit wem?

Nina beschloss, keinesfalls ihre Mutter um die Putzjobs »anzupumpen«. Sie würde lieber endlich ihre Wohnung in Hamburg kündigen. Von der Miete, die sie dann einsparte, könnte sie Rechnungen bezahlen, die mit der Post aus Lübeck kamen. Und sie würde Aufträge akquirieren – als Übersetzerin oder Privatermittlerin. Für Jan.

Jan fasste über den Tisch nach Ninas Hand und meinte: »Ich finde, *du* solltest Bürgermeisterin des Freistaates Travemünde werden. Dich werden die Menschen lieben. Du bist viel offener und fröhlicher als ich, und du weißt, was für andere gut ist.«

Wenn du wüsstest, dachte Nina, ich weiß ja nicht mal, was gut für mich selbst ist.

»Aber nur, wenn ich für den Job ordentlich bezahlt werde!«, sagte sie so fröhlich wie möglich.

»Logisch«, sagte Jan und erhob sich, um in die Wohnung zu gehen. »Und vorher fahren wir nach Venedig und lernen von den Leuten dort, wie sie ihre Unabhängigkeit durchsetzen.«

Nina blickte in die Ferne. Am blauen Himmel war keine einzige Wolke. Ein Kreuzfahrtschiff fuhr aufs offene Meer hinaus.

Erst mal sollten wir hierbleiben, dachte sie. Nirgends auf der Welt ist es jetzt so schön wie in Travemünde.

Monica Anders trat aus dem Haus gegenüber. Sehr elegant gekleidet, sorgfältig frisiert und mit einer teuren Tasche über dem rechten Unterarm. Sicherlich ein wunderschöner Beruf,

Galeristin zu sein, überlegte Nina. Vielleicht bräuchte Monica Anders ja ab und zu mal jemanden, der sie in der Galerie im Strandbahnhof vertrat. Vielleicht sollte Nina dort mal vorbeischauen. Nachdem sie gestern gemeinsam einer kleinen Möwe das Leben gerettet und danach einen schönen Abend verbracht hatten, brauchte Nina nicht einmal so zu tun, als wäre sie nur zufällig an der Galerie vorbeigekommen.

7

Monica Anders nahm meistens den Weg durch den Godewindpark, wenn sie in ihre Galerie im Strandbahnhof ging oder von dort kam. Bis heute wusste sie nicht, ob es ein kleiner Umweg war und sie direkt an der Straße Godewind entlang schneller am Ziel wäre. Mit Sicherheit wusste sie, dass der Weg durch den Park der schönere war als der an der vor allem in der Saison stark befahrenen Straße, die seit Monaten zusätzlich durch den Baustellenlärm belastet war, den der Umbau des alten Hotels am Park an der Ecke Fehlingstraße zu einem gemeinschaftlichen Wohnprojekt verursachte. Zu jeder Jahreszeit faszinierte Monica, dass der große und verwunschen wirkende Park kaum von Menschen genutzt wurde. Die Bänke und die Sitzgruppen mit großen Tischen waren meistens unbesetzt.

Auf der Brücke, die über zwei glitzernde Teiche führte, blieb Monica stehen. Sie rieb sich die Schläfen, als sie einem Wildentenpaar zusah, das hastig vor seinen bereits ziemlich großen Küken wegschwamm, die unermüdlich um Nahrung bettelten. Zwei Schwäne umringten beschützend ihre drei grauen Jungen. Möwen verschiedener Arten, Krähen, Elstern, Spatzen, alle schienen in diesem Park miteinander in Einklang zu leben und zu wissen, wo das Terrain des anderen anfing und aufhörte, und kamen sich gegenseitig nicht ins Gehege. Wenn es bei den Menschen doch auch so wäre, dachte Monica. Wenn Frauen und Männer wüssten, wie weit sie gehen durften. Und wenn eine ganz bestimmte Frau nicht in Monicas Terrain eingedrungen wäre, um ihr Pierre wegzunehmen. Seit Wochen kreisten Monicas Gedanken fast ausschließlich um dieses Thema. Sie konnte tun, was sie wollte, sie dachte schließlich immer nur über diese eine Sache nach. Die Sache, die Pierre ihr angetan hatte. Die Sache, die er ihr mit der anderen Frau angetan hatte. Seit Wochen war Monica wütend. Auf diese Frau. Auf Pierre. Auf sich selbst. Sie musste endlich diese Wut loswerden.

Monica holte aus ihrer Handtasche ein Tütchen mit Aspirinpulver hervor, streute es sich in den Mund und schluckte es hinunter. Sie tat dies bereits das zweite Mal an diesem Morgen, in der Hoffnung, dass die Kopfschmerzen danach endlich aufhörten. Doch wie konnte sie die Wut loswerden? Und diese Scham, die sie wegen dessen empfand, was sie am gestrigen Abend alles zu Pierre gesagt hatte. Und wie sie es gesagt hatte. Monica mochte sich selbst nicht mehr, weil sie so war, wie sie war, seit sie wusste, dass ihr Mann sie betrog. Dabei hatte er längst geschworen, dass Schluss mit der anderen sei. Doch wie konnte sie ihm jemals wieder vertrauen? Niemals mehr. Pierre war es, der alles kaputt gemacht hat. Und diese Frau ebenfalls.

Wie demütigend für Monica, als sie heute Morgen nicht anders konnte, als die Sachen ihres Mannes nach Hinweisen dafür zu durchsuchen, dass er sich heimlich mit seiner Geliebten getroffen hatte, als die MS »Azzuro« in den vergangenen zwei Tagen in Travemünde angelegt hatte. Als Monica jedoch keinerlei Indizien dafür gefunden hatte, wollte sie ihren Mann reumütig anrufen und sich für die Vorwürfe, die sie im Suff gemacht hatte, entschuldigen. Als sie gerade seine Nummer heraussuchte, hörte sie sein Telefon klingeln. Es lag auf der Kommode im Flur, beinahe so, als hätte Pierre es dort liegen gelassen, damit Monica es fand. Vielleicht wusste er längst, dass sie heimlich seine Sachen kontrollierte, und wollte ihr beweisen, dass es nichts mehr gab, das er vor ihr verheimlichte. Monica hatte nur kurz der Versuchung widerstanden, nicht an das Mobiltelefon zu gehen. Der Anrufer legte auf, als sie sich meldete. Monica durchsuchte danach das Telefon nach eingegangenen Nachrichten. Mehrere Anrufe mit unterdrückter Nummer. Keine Sprachnachrichten auf der Mailbox, dafür aber eine SMS, in der stand: *»Wenn du tust, was du vorhast, wirst du es bitter bereuen!«*

Monica lehnte sich gegen das Geländer der Brücke im Park. Es beruhigte sie nicht, dass sie durch die SMS auf Pierres Mobiltelefon wusste, dass er tatsächlich mit seiner Geliebten Schluss gemacht hatte. *»Wenn du tust, was du vorhast …«* könnte auch bedeuten, dass ihr Mann erst angekündigt hatte, seine Affäre beenden zu wollen. Und es sich während der bevorstehenden Schiffsreise möglicherweise anders überlegte.

Wie sollte Monica die Zeit, bis Pierre von der Kreuzfahrt mit der anderen Frau zurückkam, überstehen?

Sie hätte so gern ihr ehemaliges, glückliches Leben mit Pierre zurück. Doch wollte Pierre sein Leben mit Monica zurück? Monica wollte wieder so sein, wie sie mal war – souverän, attraktiv, furchtlos. Vielleicht schaute Pierre ja nachher noch in der Galerie vorbei. Sie würde dann so tun, als wäre alles in Ordnung. So souverän, wie es ihr möglich war. Sie würde ihren Mann fragen, was mit dem Bild geschehen sollte, das er von Felix Manthei geschenkt bekommen und das sie inzwischen in der Galerie zum Verkauf aufgehängt hatten. Dem Bild, von dem sie inzwischen wussten, dass es eine Fälschung war. Auch ohne darüber mit Pierre zu reden, hätte Monica es längst abhängen sollen. Doch sie wusste wie er, dass sie dringend Geld benötigten. Für die Galerie, die sich finanziell schon lange nicht mehr trug. Für das Leben, das Monica zurückwollte. Und Pierre vielleicht auch. Sprach er das Thema nicht an, weil er hoffte, Monica würde das Bild verkaufen, bevor offiziell wurde, dass Felix Manthei ein Betrüger war? Wollte sich Pierre für den Betrug, der auch ihm durch seinen ehemaligen Freund angetan wurde, rächen, indem er die wertlose Fälschung noch schnell zu Geld machte? Vielleicht hatte er recht in dem, was er tat, und Monica sollte das Thema Bild nicht ansprechen.

Wartete Pierre bereits vor der Galerie auf sie? Monica verließ eilig die Brücke.

Die Vögel erhoben sich plötzlich mit lautem Gezeter über den Park. Möwen, Krähen, Enten und Elstern ließen ihre Jungen, die noch nicht fliegen konnten, zurück und kreisten mit Geschrei über der Wiese am Ufer des Teiches. Ein Marder hatte ein Entenjunges gerissen. Er fraß es bei lebendigem Leibe.

8

Nachdem Pierre am Brodtener Ufer den FKK-Strand und den Hundestrand hinter sich gelassen hatte, fand er bereits den zweiten Bernstein an diesem Morgen. Er deutete dies als gutes Zeichen für all das, was ihm bevorstand, und beschloss, seine Wanderung so lange auszudehnen, bis er den dritten Stein entdeckte. Weil aller guten Dinge bekanntlich drei waren oder weil er seiner Frau noch nicht begegnen wollte. Auch wenn er inzwischen wusste, dass sie nach ihren abendlichen Tiraden unter Alkohol morgens immer versöhnlich gestimmt war, würde nicht nur alles, was am Abend ausgesprochen worden war, weiterhin zwischen ihnen stehen, sondern auch alles, was Pierre getan hatte. Pierre war das längst zu anstrengend. Er wollte seine Frau anrufen und ihr sagen, dass er heute erst nach Hause käme, wenn sie bereits in der Galerie sei, und bemerkte, dass er sein Telefon liegen gelassen hatte.

Die MS »Azzuro« verschwand im morgendlichen Dunst am Horizont in Richtung Schweden. Pierre war erleichtert, das Schiff erst einmal nicht mehr zu sehen. Ein paar Tage hatte er noch Zeit, um sich auf das Zusammentreffen an Bord mit seiner Exgeliebten vorzubereiten. Pierre musste sich außerdem auf die Begegnung mit Felix Manthei vorbereiten, nachdem er diesem während der letzten Reise angekündigt hatte, ihn als Kunstbetrüger anzuzeigen.

Pierre stieg über große Steine am Naturstrand und über Bäume, die im vergangenen Winter und Frühjahr von Sturm und Regen vom Steilufer in die Tiefe gerissen oder mit ihren Wurzeln aus der nassen Erde gespült worden waren. Jedes Jahr büßte das Steilufer einige Meter ein. Wie musste es für den Besitzer gewesen sein, der sein kleines hübsches Privathaus hinter der Hermannshöhe nicht davor retten konnte, in die Tiefe zu stürzen? Zwei Menschen schwammen weit draußen im glasklaren Wasser. Ein Mann warf in hüfthohen Stiefelhosen seine Angel aus.

Pierre verharrte, wenn er es zwischen Steinen orangefarben glitzern sah, prüfte den Fund und warf ihn zurück ins Wasser, wenn er kein Bernstein war. Die Stelle, an der er bisher am meisten Bernstein gefunden hatte, lag um eine kleine Kurve. Hierher verirrte sich nur selten jemand. Wer wusste, wie beschwerlich der Weg an dem naturbelassenen Uferstreifen war und dass man nicht nur über große Steine und tote Bäume steigen, sondern auch durch knietiefes Wasser waten musste, kehrte meist vorher um oder stieg bei der letzten Möglichkeit auf den wunderschönen Wanderweg zwischen Wald und Feldern oberhalb der Steilküste zurück. Die nächste Möglichkeit, den Naturstrand zu verlassen, bot sich erst wieder kurz vor Niendorf, circa fünf Kilometer entfernt. Auf dem Wanderweg benötigte man dafür eine gute Stunde, unten am Wasser im unwegsamen Gelände vermutlich länger als zwei.

Pierre musste nicht bis nach Niendorf, sondern nur noch um die Biegung, hinter der aus über zwanzig Metern Höhe Quellwasser durch den lehmigen Sand der abrutschenden Küste nach unten rauschte und in die Ostsee floss. Er sprang über das einen Meter breite Rinnsal und spürte, dass ihn Nervosität befiel, ähnlich wie einen Jäger, den das Jagdfieber erfasste. Würde er heute an der Stelle wieder Bernstein finden? An der Stelle, von der er nur sehr wenigen Menschen erzählt hatte, weil er befürchtete, dass sie ansonsten von weiteren passionierten Bernsteinsammlern aufgesucht würde? Er hatte seinen Freunden Felix und Saskia Manthei von dem Ort erzählt. Als sie Pierre mal in Travemünde besuchten, hatte er ihnen stolz »seine Bernsteinküste« gezeigt. Seine Geliebte Marion wusste ebenfalls von dem Ort. Und selbstverständlich seine Frau Monica. Einmal war sie sogar mitgekommen, doch sie fand den Weg zu beschwerlich und konnte außerdem Bernstein nichts abgewinnen. Dieser Steinart, aus der seit Jahrtausenden auf der ganzen Welt Schmuck gefertigt wurde, aus der im Katharinenpalast in Sankt Petersburg ein ganzes Zimmer bestand, das seit dem Zweiten Weltkrieg verschollen war. Bernstein, von dem es achtzig verschiedene Arten gab, die nur in geringen Mengen vorkamen. Einige davon an der Ostsee. Die meisten durchsichtig wie Glas und schwach hellgelb, aber es existierten auch trübe Steine, in denen man kleine Bläschen erkennen konnte, sowie in unterschiedlichen Brauntönen gefärbte, grauschwarze bis marmorierte und rote bis rotbraun gefärbte Steine. Fast alle mit Einschlüssen von Fossilien oder Pflanzenteilchen, deren Abdrücke im Bernstein seit Jahrmillionen perfekt erhalten waren.

Pierre war auf seine Sammlung sehr stolz. Es blieb ihm ein Rätsel, weshalb sich so wenige Menschen für Bernstein, der genau genommen kein Stein, sondern ein Harz war, begeistern konnten. Wie wohl auch das junge Paar, das am vergangenen Abend aus dem Haus gegenüber unverhofft zu Besuch gekommen war. Es war Pierre wieder einmal passiert, dass er ansetzte, einen begeisterten Vortrag über Bernstein zu halten, darüber, dass dieser eigentlich fachmännisch Succinit hieß und so weiter. Seine Frau, die das inzwischen zur Genüge von ihm kannte, bremste ihn. Pierre hatte Verständnis dafür. Auch seine Geliebte Marion hatte es gelangweilt, wenn er ihr begeistert von den Funden an seiner Succinit-Stelle am Brodtener Ufer erzählte, so wie Felix und Saskia Manthei, als Pierre, ohne es selbst zu bemerken, ein ganzes Captain's Dinner auf der MS »Azzuro« mit einem Vortrag über Bernstein sprengte. Später in der Schiffsbar hatten sie darüber gelacht. Pierre hatte auf vielen Reisen ausgiebig mit den Mantheis gelacht. Bedauerlich, dass es nie wieder so sein würde.

Er wollte jetzt nicht an Felix Manthei denken, der vielleicht gerade beim Frühstück auf der MS »Azzuro« mit irgendeinem wohlhabenden Gast ein Verhandlungsgespräch über eines seiner gefälschten Bilder führte und ihm schließlich auch für eine hohe Summe andrehte. Unwillkürlich blickte er zum Horizont. Das Schiff war nicht mehr zu sehen.

Doch da! An einer aus dem Meer ragenden Wurzel eines Baumes lagen drei rundliche, grobe honiggelbe Brocken – wie in einem Nest. Pierre durchfuhr ein Zittern. Er schaute sich nach allen Seiten um, bückte sich und betrachtete den Fund durch das Wasser. Wenn das kein Glück war! An diesem Morgen. Nach diesem Abend. Nach diesen schweren letzten Wochen. Pierres dritter Fund! Aller guten Dinge sind drei. Und dann auch noch drei Steine auf einen Streich. Doppeldrei sozusagen.

Pierre hob einen Stein nach dem anderen aus dem Wasser. Hielt jeden gegen die Sonne. Spürte sein Herz bis zum Hals schlagen. Steckte sie in die Tasche seiner Hose. Blickte sich nach allen Seiten um. Kein Mensch weit und breit. Er setzte sich auf einen Baumstamm. Die Sonne schien ihm ins Gesicht. Pierre holte einen der Steine hervor und betrachtete ihn ausgiebig.

Im nächsten Augenblick ging er in Flammen auf.

9

Nina saß an einem Tisch vor der Bäckerei »Junge« am Strandbahnhof und trank eine Tasse Kaffee. Gegenüber waren die Auslagen der schönen Boutique Osterburg bereits zum Teil mit Bekleidung für den Herbst dekoriert. Am Schaufenster fand sich der Hinweis auf »Summer Sale«. Der türkische Obst- und Gemüsehändler, der seit vielen Jahren im Haus nebenan seinen Laden betrieb, stand draußen und blickte nervös über die Straße. Direkt gegenüber hatte über Nacht ein weiterer Obsthändler aufgemacht, der jeden vorbeikommenden Passanten zu einem Stück frisch geschälten Apfel einlud, um ihn so vielleicht zum Kauf zu verführen. Sobald ein Passant beim neuen Konkurrenten stehen blieb, rief der türkische Gemüsehändler laut über die Straße: »Deutsche Erdbeeren, bei mir billig, billig!«

Nina tat der Türke leid, denn sein kleines Geschäft war offenbar auch sein Zuhause. Außen hatte er eine Sitzecke für sich und seine Frau zum Teetrinken und Mittagessen eingerichtet. Tag für Tag schloss er erst spätabends seinen Laden ab und fuhr mit dem Zug in seine Wohnung in Lübeck. Aber vielleicht war sein tatsächliches Zuhause immer noch in der Türkei, wohin er einmal im Jahr mit seiner Frau reiste. Als er in diesem Jahr von dort zurückgekommen war, hatte plötzlich nur wenige Meter entfernt der Konkurrent seinen Laden eröffnet. Nina beschloss, »beim Türken« etwas einzukaufen, bevor sie in Monica Anders' Galerie im Strandbahnhof vorbeischaute, und steckte sich eine Zigarette an.

In der Boutique Osterburg öffnete die Inhaberin weit die Tür, bevor sie einer nackten Schaufensterpuppe ein Kleid von Escada überzog. Eine geschätzt neunzig Jahre alte, hagere Frau kam im Bikini vom Strand und steuerte mit ihrem Gehwagen auf das Geschäft zu. Sie betrat es und stöberte zwischen den Sachen am Sale-Ständer. Nina beobachtete sie amüsiert und erinnerte sich daran, dass sie vor einiger Zeit selbst in der Boutique nach einem Schnäppchen Ausschau gehalten hatte, als ein Paar in beigefarbenem Partnerlook – Dreiviertelhosen und Westen – hereingekommen war. Die Frau griff nach einer edlen nachtblauen Strickjacke, während der Mann ihr vom Türrahmen aus skeptisch zusah und schließlich sagte: »Frag mal, ob sie die Jacke auch in Beige haben!«

Seine Frau gehorchte. »Haben Sie die Jacke auch in Beige?«

Nina bewunderte damals die Verkäuferin, die geduldig erklärte, dass Hersteller wie Escada, Laurèl oder Marc Cain, deren Ware sie in ihrem Geschäft führte, in dieser Saison nichts in Beige anboten.

Das Paar verließ die Boutique, ohne die nachtblaue Jacke zu kaufen. Seit diesem Erlebnis erblickte Nina auffallend häufig Beige in Travemünde. So wie man viele rote Autos wahrnahm, wenn man sich selbst gerade eines gekauft hatte. Oder schwangere Frauen sah, wenn man selbst schwanger war. Ältere Menschen trugen nicht nur in Travemünde häufig Beige, sondern in der gesamten Republik. Es müsste mal jemand herausfinden, dachte Nina, ob es eine Erklärung dafür gab, weshalb so viele von ihnen von einem Tag zum anderen ihren Kleidungsstil auf diese Farbe umstellten. Nina war vor einiger Zeit auch bei ihrer Mutter aufgefallen, dass Beige Einzug in deren Kleiderschrank hielt. Dunkle Sachen kamen darin kaum noch vor. Schwarze schon gar nicht. Weil Schwarz hart, schwer und bedrückend wirkte oder gar mit Trauer in Verbindung gebracht wurde? Und die Unfarbe Beige dagegen hell, freundlich, beruhigend und ausgleichend wirkte und vermutlich leicht mit anderen Farben zu kombinieren war? Sicherlich etwas, worauf viele ältere Menschen Wert legten. Doch Ninas Mutter war noch nicht alt. Nina beschloss, Monica Anders nach dem Grund zu fragen. Als Galeristin musste sie sich doch mit der Wirkung der Farben auskennen.

Nina beobachtete, dass Monica Anders sich hinter der Schaufensterscheibe der Galerie mit Kunden über ein Bild unterhielt, das gerahmt auf einer Staffelei stand. Plötzlich ließ sie die Leute stehen, ging an ihren Schreibtisch und nahm das Telefon ab. Kurz darauf drang ein schriller Schrei aus der Galerie. Nina griff nach ihrer Tasche. Rannte über die Straße am Busbahnhof. Dabei wurde sie beinahe von einem nach Timmendorf abfahrenden Bus angefahren. Der Fahrer machte eine Vollbremsung und drückte aufgebracht auf die Hupe.

Nina blickte sich nicht zu ihm um. Sie riss die Tür zur Galerie im Strandbahnhof auf. Dort krümmte sich Monica Anders am Boden, den Telefonhörer noch in der Hand.

10

30. Juni 2014: »Lübecker Tageblatt«

Travemünde: Tödlicher Unfall durch weißen Phosphor

Gestern fand die Bestattung des in der vergangenen Woche am Brodtener Ufer durch weißen Phosphor verunglückten Pierre V. statt. Der 48-jährige Mann, der nach Angaben der Polizei in Travemünde lebte und ein passionierter Bernsteinsammler war, hatte trotz seiner großen Kenntnisse über diese Schmucksteinart mehrere Stücke weißen Phosphors anstatt Bernstein aufgesammelt und in seine Hosentasche gesteckt. Als er einen der Steine wieder hervorholte, entzündete sich dieser durch den Sauerstoff in der Luft. Pierre V. verbrannte bei mindestens 1300 Grad Celsius. Ein Angler, der circa hundert Meter entfernt im Wasser stand, kam dem Opfer zu Hilfe und zog es ins Wasser, um das Feuer zu löschen. Brände, die durch weißen Phosphor verursacht werden, lassen sich jedoch nicht mit Wasser löschen, sondern können nur mit Sand oder Decken erstickt werden. Die Kriminalpolizei hat den Fall untersucht und geht von einem tragischen Unfall aus. Sie warnt eindringlich davor, an den Küsten der Ostsee Bernstein zu sammeln, weil es zu Verwechslungen mit weißen Phosphorstücken aus Munitionsresten aus dem Zweiten Weltkrieg, die gelegentlich an den Küsten Schleswig-Holsteins angespült werden, kommen könnte. Bereits in den vergangenen Jahren geschahen immer wieder Unfälle mit schweren Brandverletzungen, weil Bernstein mit weißem Phosphor verwechselt wurde …

11

Nachdem sie ihre schweißnassen Körper voneinander gelöst hatten, lagen Nina und Jan Hand in Hand nebeneinander, quer auf dem Bett. Der Ventilator surrte. Es war seit Wochen ungewöhnlich heiß in Deutschland, vor allem ungewöhnlich heiß im Norden, sodass die Wohnung aufgeheizt war. Von ihrem Bett aus konnten Nina und Jan die Möwen auf dem Dach des gegenüberliegenden Hauses beobachten. Es war, als könnten sie ihnen beim Wachsen zusehen. Zwar waren die Jungen immer noch grau und fiepten fast pausenlos nach Futter, doch manchmal breiteten sie ihre bereits erstaunlich langen Flügel aus und hüpften einen halben Meter in die Höhe. Sicherlich war es nur eine Frage von ein bis zwei Wochen, bis sie fliegen konnten. Die Möwenmutter, die meist mit abgewandtem Blick abseits saß, machte den Eindruck, als könne sie es kaum erwarten, dass ihre Jungen endlich wegflogen. Für immer. Der Vater ließ sich nicht mehr blicken.

Vielleicht, überlegte Nina, war das ja alles zu viel für Eltern. Dieses ständige Bei-den-Kindern-Sein, dieses ständige Zuständigsein. Vielleicht war es auch Ninas Vater zu viel geworden, als Nina klein war. Die Mutter, die sich wie eine Glucke um Nina kümmerte, weil man das wohl so von einer Mutter erwartete. Dieses Nur-noch-Mutter- und Kaum-noch-Ehefrau-Sein. War der Vater deshalb hinausgefahren und nicht mehr zurückgekommen? Seinen Leichnam hatte man nie gefunden, nur sein kleines Boot, mit dem er täglich frühmorgens zum Fischfang auf der Ostsee aufbrach.

Oder war er vielleicht gar nicht ertrunken?, fragte sich Nina wieder einmal, denn seit einiger Zeit bildete sie sich manchmal ein, ihren Vater irgendwo zu sehen. Im vergangenen Jahr glaubte sie, ihn während der Travemünder Woche in einer Menschenmenge entdeckt zu haben. Wurde sie jetzt langsam verrückt? Erst vor Kurzem hatte Nina in der Vorderreihe eine Weile beobachtet, wie Gäste und Crew ein Kreuzfahrtschiff verließen, während der Shantychor der »Passat« zur Begrüßung in Travemünde sang. Unter den Crew-Mitgliedern meinte sie erneut, ihren Vater zu erkennen. Der Mann verschwand unter den Schaulustigen. Ihr Vater? Das war absurd!

Weshalb dachte Nina ausgerechnet jetzt an ihn? Am liebsten würde sie das Foto aus ihrer Jacke holen, das ihre Mutter ihr erst nach wiederholter Aufforderung gegeben hatte. Das Foto von Mutter-Vater-Nina, vor dreißig Jahren. Das Nina nun seit etwa einem Jahr bei sich trug. Immer, wenn sie daran zweifelte, dass ihr Vater tot war, und glaubte, ihm irgendwo zu begegnen, holte sie es hervor und verglich ihn mit dem Mann auf dem Foto. Auf dem Foto war ein junger, kräftiger, beinahe schöner Mann abgebildet. Der, den sie im vergangenen Jahr während der Travemünder Woche und neulich am Kreuzfahrtterminal gesehen hatte, wirkte eher klein, verlebt, fast gebrochen. Konnten einem dreißig Jahre Leben so stark zusetzen? Konnten sie. Ninas Mutter hatten die Jahre ohne ihren Mann sehr stark zugesetzt. Sie wirkte mit ihren Anfang sechzig Jahren alt, fand Nina. Dabei hatte Marianne Wagner immer alles versucht, um den Verlust zu verkraften. Hatte alle Erinnerungen an ihren Mann getilgt und dafür gesorgt, dass niemand das Thema mehr aufbrachte. Es hatte Nina erstaunt, dass dieses Foto von Mutter-Vater-Nina überhaupt noch im Haus existierte. Vielleicht hatte die Strategie des Verdrängens bei Marianne Wagner gar nicht die erhoffte Wirkung gebracht, und sie hatte ihren geliebten Mann nicht so gut vergessen können, wie sie vorgab. Und wie es Nina fast drei Jahrzehnte gelungen war. Bis sie begann, sich einzubilden, er sei nicht tot. Bildete sie es sich ein, weil sie es hoffte? Oder konnte es wahr sein, dass ihr Vater noch lebte?

Vor dreißig Jahren hatte man nur sein kleines Fischerboot geborgen, von ihm keine Spur. Nachbarn und Freunde der Wagners mieden das Thema, wie auch Ninas Mutter. Manchmal hatten sie sich eigentümliche Blicke zugeworfen, wenn Nina als kleines Mädchen auf die unbedarfte Frage anderer Kinder nach ihrem Vater antwortete: »Mein Papa ist tot.« Das bildete sie sich auch neuerdings ein. Sie wurde tatsächlich langsam verrückt. Und sie tat ihrer Mutter unrecht.

Nina drehte sich zu Jan und legte den Kopf an seine Schulter.

»Muss schlimm sein, einen geliebten Menschen von einem Tag auf den anderen zu verlieren.«

»Wie es ihr wohl geht?«, fragte Jan.

»Ich sollte vielleicht mal wieder bei ihr vorbeischauen«, meinte Nina.

»Wieso? Warst du noch mal da?«, fragte Jan.

»Das letzte Mal ist mindestens vier Wochen her.«

»Da war ich doch dabei«, sagte Jan.

Nina richtete sich auf.

»Wo?«

»Bei denen da drüben. Als das mit der Möwe war. Am Abend, bevor das mit Herrn Valet passiert ist.«

»Ich rede über meine Mutter«, erwiderte Nina. »Meine Mutter sollte ich mal wieder besuchen.«

Jan zog Nina zu sich.

»Die auch. Aber vielleicht sollten wir auch mal nach Monica Anders schauen. Vorgestern fand die Seebestattung statt. Es scheint niemand zu Besuch gekommen zu sein, um sich davor oder danach um die Frau zu kümmern. Seit Tagen sind die Rollläden in ihrer Wohnung heruntergelassen. Wie lange will sie so weiterleben? Allein, im Dunkeln?«

Nina rückte noch näher an Jan heran, umfasste seinen Oberkörper und legte ein Bein über seine Schenkel.

»Muss schlimm sein, einen geliebten Menschen zu verlieren.«

12

Nina kam sich beinahe vor wie eine der in Nachbarschaft lebenden Frauen in der amerikanischen Fernsehserie »Desperate Housewives«, als sie an der Tür zu Monica Anders' Wohnung klingelte. So wie Bree, weil sie wie diese zu ihrem Besuch Gebäck mitbrachte, allerdings kein selbst gebackenes, sondern bei Bäcker »Junge« gekauftes. Monica Anders fragte durch die Gegensprechanlage, wer dort sei. Nina nannte ihren Namen und setzte zu einer entschuldigenden Erklärung an, weshalb sie gekommen sei. Monica Anders betätigte den Türöffner, bevor Nina den ersten Satz beendet hatte.

Nina fühlte ihr Herz schlagen, als sie die Treppen zur Wohnung nach oben stieg. War sie aufgeregt, weil sie nicht wusste, was sie erwartete? In welchem Zustand sie die um ihren auf fürchterliche Weise umgekommenen Mann trauernde Monica Anders antraf? Depressiv? Betrunken? Vernachlässigt? Alles war möglich, und alles war gerechtfertigt. Fürchtete Nina Gefühlsausbrüche, mit denen sie nicht umzugehen wüsste? Oder doch noch an der Tür oder nach kurzem Aufenthalt abgewiesen zu werden? Immerhin war sie eine Fremde. Oder war Nina nervös, weil sie sich heimlich erhoffte, das Gespräch mit der trauernden Witwe auf die seit dem Unglück geschlossene Galerie im Strandbahnhof lenken und Monica Anders auf die Idee bringen zu können, Nina wenigstens übergangsweise dort einzustellen?

Jan wusste nichts von Ninas Hintergedanken. Er würde sie vermutlich dafür verachten. Nina ertrug es jedoch kaum noch, dass sie viel weniger Geld als er verdiente. Seit sie zusammengezogen waren, hatte Jan ihr noch keinen einzigen Auftrag als Ermittlerin verschafft. Für Nina ein Beweis dafür, dass er ihr die meisten Aufträge zuvor mit dem Ziel zugeschanzt hatte, sie in Travemünde zu halten.

Monica Anders lehnte im Morgenmantel am Rahmen der offenen Wohnungstür. Nina sprach ihr Beileid aus und überreichte das Gebäck. Monica Anders verschwand damit in der Wohnung. Nina folgte ihr.

Monica Anders goss sich aus einer angebrochenen Flasche Rotwein in ein offensichtlich seit Tagen benutztes Glas, zeigte auf den Sessel, der dem Sofa, auf dem sie saß, gegenüberstand, und fragte: »Auch eines?«

Nina schaute unwillkürlich auf ihre Uhr. Es war gegen dreizehn Uhr. Monica Anders legte das Kuchenpaket auf dem mit leeren Flaschen, Papieren, dem »Lübecker Tageblatt«, Werbeprospekten und Kondolenzschreiben überfüllten Tisch ab.

»Wenn Sie mögen, koche ich uns Kaffee, und wir essen gemeinsam etwas«, schlug Nina vorsichtig vor.

»Ich kann nichts essen«, erwiderte Monica Anders und zeigte in Richtung offener Küche. »Aber kochen Sie sich ruhig Kaffee.«

Nina betätigte die Nespresso-Maschine und nahm zwei Tassen aus dem Schrank. Im Kühlschrank fand sie Milch, die allerdings inzwischen schlecht geworden war. Während sie das Gebäck auf einem Teller drapierte, blickte sie zu Monica Anders, die zum Glas griff und trank, den leeren Blick auf den Boden gerichtet.

Auf dem Weg aus der Küche trat Nina aus Versehen auf einen Bernstein und bemerkte, dass Pierre Valets gesamte Bernsteinsammlung, die sich neulich noch akribisch sortiert auf dem Kaminsims befand, auf dem Boden verstreut lag. Hatte Monica Anders die Steine in einem Anfall von Wut heruntergefegt? Nina räumte zwei leere Flaschen auf den Boden, um den Kuchenteller abstellen zu können.

Monica Anders blickte auf den Kuchen, den Kaffee.

»Wollen wir ›du‹ sagen? Ich bin Monica. Hast du eine Zigarette für mich?«

Nina holte Zigaretten aus ihrer Handtasche und bot Monica eine an, bevor sie sich selbst eine aus der Schachtel nahm.

»Ich bin Nina.«

Monica nickte, ohne aufzublicken, ließ sich Feuer geben und inhalierte einen tiefen Zug. Nina wartete darauf, dass die Frau hustete, doch Monica Anders rauchte, als würde sie es seit jeher tun.

»Ich weiß nicht, ob Sie, Entschuldigung, ob du den Kaffee mit Milch trinkst. Die Milch ist leider schlecht geworden«, sagte Nina, nur um etwas zu sagen.

Monica Anders rührte in ihrer Kaffeetasse, ohne etwas hineingetan zu haben, bevor sie einen Schluck trank. Sie stellte die Tasse beiseite, aschte ihre Zigarette auf der Untertasse ab und schob diese in die Mitte des Tisches.

»Die Milch ist noch von Pierre. Er hat immer Milch in den Kaffee genommen. Am liebsten von mir heiß gemacht und aufgeschäumt …«

Monica Anders lehnte sich auf dem tiefen Sofa zurück und blickte zur Seite. Jetzt kamen ihr die Tränen. Unwirsch fuhr sie sich mit dem Handrücken über die Augen, beugte sich vor und nahm einen Schluck vom Wein.

»Es tut mir alles sehr leid«, sagte Nina. »Ich würde gern etwas für dich tun. Wenn du einverstanden bist, helfe ich dir, hier etwas Ordnung zu machen. Ich könnte auch einkaufen gehen.«

Nina blickte auf die schwarz umrandeten Briefe und Karten, die unter einem Werbeprospekt von Rewe hervorlugten. »Oder die Post erledigen …«

Monica Anders beugte sich über den Tisch, drückte ihre Zigarette auf der Untertasse aus und schaute Nina unverwandt in die Augen.

»Du könntest mir bei etwas anderem helfen.«

Bekam Nina gleich das Angebot, sich um die Galerie zu kümmern? Monica Anders nahm eine weitere Zigarette aus Ninas Schachtel.

»Es war kein Unfall«, sagte sie.

Nina begriff nicht.

»Es war kein Unfall«, wiederholte Monica Anders und griff nach der Ausgabe des »Lübecker Tageblatts«, die auf dem Tisch lag, und schmiss sie weit von sich auf den Boden. »Alles Quatsch, was die schreiben!«

Nina wünschte im nächsten Augenblick, sie wäre nicht auf die Idee gekommen, dieser Frau einen Besuch abzustatten. Besuch mit Hintergedanken. Jetzt saß sie hier und musste sich die paranoiden Theorien einer besoffenen Witwe anhören. Und es käme ihr unhöflich vor, im nächsten Moment aufzubrechen und sie wieder allein zu lassen.

»Was war es dann?«, fragte Nina desinteressiert.

Monica Anders zündete sich seelenruhig die Zigarette an, zog daran.

»Mord!«

Nina nickte, wodurch sie wohl den Eindruck machte, als würde sie Monicas Gedanken plausibel finden. In Wahrheit nahm sie an, dass die Frau, die ihr erwartungsvoll auf dem Sofa gegenübersaß, über den Tod ihres Mannes verrückt geworden war. Was sollte sie darauf erwidern? Unter welchem Vorwand kam sie so bald wie möglich aus dieser Wohnung heraus?

»Mord ...«, sagte Nina, als würde auch sie ernsthaft über diese Möglichkeit nachdenken.

»Du glaubst mir nicht«, meinte Monica.

»Ich kann es mir nur nicht vorstellen«, erwiderte Nina.

»Das ist das Problem! Niemand kann es sich vorstellen. Nicht mal die Kripo kann es sich vorstellen«, entgegnete Monica, als würde sie Nina verdächtigen, mit der Kripo unter einer Decke zu stecken.

»Weil man, wenn man jemanden umbringen will, vermutlich zu einer anderen Waffe als Bernstein greifen würde ...«, wandte Nina so ernsthaft wie möglich ein.

»Zu weißem Phosphor zum Beispiel«, meinte Monica.

»Aber dein Mann war doch ein ausgewiesener Bernsteinexperte, er ...«, setzte Nina an.

»Das hätte dem größten Experten passieren können, dass er weißen Phosphor mit Bernstein verwechselt. Außerdem war Pierre gar nicht so versiert, wie er gern vorgab. Er war ein Liebhaber von Bernstein und kannte sich aus, durch die Sachen, die er sich selbst angelesen hatte. Ich habe dieses Zeug immer gehasst.«

Nina konnte sich ebenfalls nicht für Bernstein begeistern, für sie stand er immer im Zusammenhang mit Oma-Schmuck. Dabei wusste sie, dass Bernstein längst wieder in Mode gekommen war. In der Vorderreihe hatte sie erst neulich die Auslagen eines Geschäftes, das ausschließlich Bernsteinschmuck anbot, bestaunt – viele Kreationen in ausgefallenem und sehr modernem Design. Allerdings hatte in dem Laden gerade der Räumungsverkauf begonnen.

»Du hast also den Verdacht, dass sich jemand auf den Weg gemacht hat, um den weißen Phosphor auszulegen, damit dein Mann ihn findet, mit Bernstein verwechselt – und dann …«

»Und dann verbrennt«, fuhr Monica leise fort. »Bei lebendigem Leibe.«

»Aber wer sollte so etwas tun?«, fragte Nina und hoffte, dass Monica jetzt keine Antwort mehr parat hatte. »Es kann nur jemand gewesen sein, der wusste, dass dein Mann passionierter Bernsteinsammler war«, fuhr sie fort. »Der wusste, dass er immer an diesem verlassenen Strandabschnitt nach dem Zeug suchte. Ansonsten hätte er ja jemand anders gefährden können …«

»Vielleicht war das dieser Person völlig gleichgültig«, unterbrach Monica sie harsch.

»Du meinst also tatsächlich, jemand hat sich das Zeug, diesen weißen Phosphor, beschafft und dort ausgelegt, damit dein Mann es findet?«, fasste Nina ungläubig zusammen.

Monica nickte, während sie zum Fenster blickte, das immer noch durch Rollläden verdunkelt war.

»Felix Manthei, das Schwein«, sagte sie schließlich und goss sich Wein in ihr Glas. »Ich habe sehr lange darüber nachgedacht. Es kann nur Felix Manthei gewesen sein.«

»Wer immer das auch ist, weshalb hätte er das tun sollen?«, fragte Nina.

»Weil er ein Betrüger ist«, antwortete Monica. »Mein Mann ist dahintergekommen, dass Manthei seit Jahren im großen Stil gefälschte Kunst verkauft. Er wollte ihn in den nächsten Tagen anzeigen. Dadurch hätte er Mantheis gesamtes Leben ruiniert. Manthei hätte nie wieder als Galerist ein Bein auf den Boden bekommen. Er wäre finanziell ruiniert gewesen. Aber vor allem wäre er erst mal vor Gericht und danach in den Knast gewandert.«

Nina hatte keine Ahnung von Kunst. Sie beurteilte sie danach, ob sie sie schön oder hässlich fand. Dass Leute sehr viel Geld für Kunst ausgaben, wenn sie sich in sie verliebten oder für eine gute Wertanlage hielten, wusste allerdings auch sie.

Es war nicht viel, was Monica Anders von ihrem Mann über die Kunstfälschereien dieses Felix Manthei wusste. Pierre Valet hatte seine Frau offenbar nicht damit belasten wollen. Doch wenn es stimmte, was Monica berichtete, dann hatte der Fälscher im Lauf der Zeit mindestens eine Million Euro durch seine Betrügereien eingenommen. Zuzüglich der Summe, die ihm die Kunden, die mit Schwarzgeld bezahlten, eingebracht hatten. Wenn es in Deutschland noch einen Markt gab, in dem Schwarzgeld floss, dann war es der Kunstmarkt. Aber waren eine Million Euro – für Nina ohne Zweifel eine unvorstellbare Menge Geld – ein Motiv, jemanden zu töten? Monica Anders schien davon überzeugt zu sein.

»Es ist nicht nur so, dass Manthei das Geld zurückzahlen müsste. Er könnte das auch gar nicht. Er hat mit seiner Frau immer im großen Stil gelebt. Wenn der Skandal jetzt öffentlich würde und die Polizei alle gefälschten Bilder, die Manthei über die Jahre verkauft hat, zurückruft, muss Manthei vermutlich nicht nur die Kaufsumme erstatten, sondern auch Schadensersatz zahlen. Wovon sollte er das tun? Außerdem müsste seine Frau für alles aufkommen, wenn er im Knast säße. Wie sollte sie das schaffen? Dafür reichen beider Leben nicht, um so viel Geld zu erarbeiten.«

»Meinst du denn, dass die Frau Bescheid wusste?«

»Keine Ahnung. Pierre tat vor allem die Frau leid. Deshalb hat er auch so lange gezögert, Felix Manthei anzuzeigen. Wenn dessen Lebenslüge auffliegt, wäre auch das Leben seiner Ehefrau ruiniert.«

Weshalb hatte Nina in den letzten Minuten voller Interesse zugehört? Weil diese Theorie über ein Mordmotiv nachvollziehbar war?

»Ich brauche Aspirin«, sagte Monica Anders, erhob sich schwerfällig und wankte aus dem Zimmer.

»Du solltest zuerst etwas essen«, meinte Nina, bevor Monica eine Tablette mit Wein herunterschluckte. Monica Anders schüttelte den Kopf.

Nina holte aus der Küche ein großes Glas Wasser.

»Trink wenigstens das zwischendurch! Und iss bitte etwas

Herzhaftes. Ich kann dir gern etwas machen. Und du solltest schlafen.«

»Und dann?«, fragte Monica und zündete sich eine weitere Zigarette an. »Dann sieht die Welt schon wieder ganz anders aus?«

Nina blickte beiläufig auf ihre Uhr. Weshalb war sie noch hier?

»Sieht sie nicht«, fuhr Monica fort. »Schon gar nicht, weil die Kripo den Tod meines Mannes als Unfall abgetan hat. Ich werde beweisen, dass es Mord war. Und du könntest mir dabei helfen.«

»Ich?«, fragte Nina und setzte sich unwillkürlich im Sessel zurück.

»Ja, du! Du bist doch Detektivin! Das hat mir dein Freund erzählt, als ihr neulich bei uns wart.«

»Ja, aber …«, wollte Nina widersprechen.

»Ich bezahle dich!«, erwiderte Monica mit schwerer Zunge und trank einen weiteren Schluck Wein. »Du und ich werden den Tod meines Pierres aufklären. Ich weiß auch schon, wie.«

»Wie?«, fragte Nina ungläubig.

Monica hielt sich plötzlich die Hand vor den Mund und rannte aus dem Zimmer in Richtung Badezimmer.

Als sie zurückkam, blieb sie im Türrahmen stehen und hielt sich daran fest. »Wir werden gemeinsam auf Kreuzfahrt gehen!«

13

Nina saß am Computer und formulierte eine Bewerbung an eine Übersetzungsbörse. Sie schweifte in Gedanken ab, blickte zu den Möwen auf dem Dach gegenüber und zwang sich, nicht hinüber zur Wohnung von Monica Anders zu schauen. Als ihr dies nicht gelang, setzte sie sich mit ihrem Laptop außer Sichtweite. Jan rief aus seiner Kanzlei an und berichtete ihr freudig, dass er vor Gericht einen guten Vergleich für einen Mandanten erreicht hätte. Nina gratulierte und freute sich mit ihm. Jan schlug vor, eher Schluss zu machen und gemeinsam das heutige Fußballspiel anzuschauen. Vielleicht im Strandbahnhof, wo die Sportsbar zu jedem Spiel der Weltmeisterschaft Public Viewing ausrichtete. Oder zu Hause.

Wenn Jan »zu Hause« sagte, berührte es Nina eigentümlich. Zur gemeinsamen Wohnung »zu Hause« zu sagen, dazu war sie noch nicht in der Lage.

Es klingelte an der Tür. Mit dem Telefon am Ohr betätigte Nina den Öffner und nahm an, dass es der Paketbote war, doch es war Monica Anders, die die Treppen heraufkam.

»Bis heute Abend«, sagte Nina zu Jan und beendete das Telefonat mit ihm ziemlich abrupt. Monica Anders war nach den wenigen Stufen außer Atem. Nina fiel auf, dass sie seit dem Tod ihres Mannes einige Kilogramm abgenommen hatte. Die einst schlanke Frau wirkte jetzt hager. Sie trug ein elegantes Kostüm, eine weiße Bluse, die sie in den dunkelblauen Rock hineingezogen hatte, beneidenswert hohe, edle Schuhe und Schmuck von Chanel. Ihr Haar war sorgfältig frisiert, das Gesicht perfekt geschminkt. Wollte sie so in die Galerie, um zu arbeiten? Oder besuchte sie Nina, um sie als Aushilfe anzustellen? Nina wich unwillkürlich einen Schritt zurück und kam sich plötzlich zu schäbig dafür vor.

»Möchtest du hereinkommen?«, fragte sie verunsichert.

Nach ein paar freundlichen Floskeln über Ninas und Jans schöne Wohnung sagte Monica: »Ich möchte mich dafür entschuldigen, in welchem Zustand du mich neulich angetroffen hast.«

Nina winkte ab und bot ihr einen Platz an.

»Ich weiß allerdings noch genau, was ich dir alles erzählt habe«, fuhr Monica fort. »Auch wenn ich ziemlich betrunken war, ist alles, was ich gesagt habe, wahr. Mein Mann ist kein Opfer eines Unfalls. Er ist ermordet worden.«

Es berührte Nina unangenehm, dass eine fremde Person in ihrem Wohnzimmer saß. Jan und sie hatten bisher noch keinen Besuch gehabt. Nicht einmal Jans Eltern waren schon hier gewesen.

»Möchtest du etwas trinken?«, fragte Nina.

Nachdem Monica um ein Glas Wasser gebeten hatte, sagte sie: »Ich bin gekommen, um dich nochmals zu bitten, mir zu helfen.«

»Hast du der Polizei von deinem Verdacht erzählt?«, fragte Nina.

»Wie ich schon sagte: Die Kripo wird nichts unternehmen«, antwortete Monica.

»Bei wem warst du denn? Ich kenne dort einen Kommissar Mittermaier, mit dem habe ich schon öfter zusammengearbeitet. Wenn du möchtest, kann ich mit ihm reden.«

Nina hörte sich das behaupten und stellte sich gleichzeitig vor, wie Mittermaier reagieren würde, wenn sie mit dieser abstrusen Geschichte über den Mord an einem bernsteinsammelnden Kunstexperten am Brodtener Ufer aufwartete. Mordwaffe: weißer Phosphor, der aus irgendwelchen Brandbomben aus dem Zweiten Weltkrieg stammte, die auf dem Meeresgrund lagen, und in kleinen Klumpen freigesetzt und ans Ufer gespült wurde.

Der Kommissar war zwar seit Ninas letztem großen Fall um Ricci Bell etwas besser auf sie zu sprechen als nach dem Fall zuvor, als Elisabeth Bergmann aus dem dreißigsten Stockwerk der Maritim-Residenz gestoßen worden war, doch nach wie vor war Mittermaier der Meinung, dass Nina mit ihrer Tätigkeit als Privatermittlerin ihm ins Handwerk pfuschte und dass er seine Arbeit lieber allein erledigen würde. Dabei war ihm Nina in beiden Fällen eine große Hilfe gewesen. Der Kommissar war beide Male den falschen Spuren nachgegangen, und Nina hatte ihm letztendlich durch ihre Ermittlungen auf die Sprünge geholfen. Doch wie viele andere Menschen auch konnte Mittermaier es nur schwer oder gar nicht eingestehen, wenn er Fehler gemacht hatte, oder seine Erfolge mit anderen teilen. Und jetzt diese Story über den Bernsteinsammler und den Kunstfälscher! Nina glaubte sie ja selbst nicht, diese Verschwörungstheorie, in die sich Monica Anders nach dem Tod ihres Mannes hineingesteigert hatte.

»Ich weiß nicht mehr, bei wem ich war. Ich will mit der Polizei auch nichts mehr zu tun haben. Ich werde das selbst in die Hand nehmen«, sagte Monica Anders.

»Und was hast du vor?«, fragte Nina halbherzig.

»Ich werde auf dieses Schiff gehen, wenn es wieder in Travemünde liegt. Die Person, die mir meinen Pierre geraubt hat, muss überführt werden.«

»Du meinst diesen Kunstfälscher«, sagte Nina und zündete sich eine Zigarette an, obwohl sie Jan angeboten hatte, in der neuen Wohnung nur auf dem Balkon zu rauchen. Sie reichte die Zigarettenschachtel über den Tisch.

»Nein danke, ich rauche nicht«, lehnte Monica ab.

Sie raucht also nur, wenn sie blau ist, dachte Nina. So hatte sie auch mal angefangen. Irgendwann rauchte sie dann auch, wenn sie nüchtern war.

»Und dieser Kunstfälscher ist dann auf dem Schiff, wenn du dazusteigst?«, fragte Nina ungeduldig.

»Felix Manthei«, antwortete Monica. »Auf der MS ›Azzuro‹. Mit seiner Frau. Die Galeristen sind oft wochenlang an Bord.«

»Und dort wirst du ihn dann zur Rede stellen?«, fragte Nina.

»Zur Rede stellen … So dumm bin ich nun auch nicht. Der wird doch nichts zugeben. Seine Betrügereien nicht, gar nichts«, entgegnete Monica.

»Aber wie willst du ihm dann auf die Schliche kommen?«

Monica blickte Nina fest an. »Mit deiner Hilfe. Ich möchte, dass du mich begleitest.«

»Ich?«

»Ja! Du bist Ermittlerin, du wirst für mich herausfinden, was er getan hat.«

»Du meinst, weil du selbst nicht auf dem Schiff ermitteln kannst, weil jeder weiß, dass Pierre dein Mann war«, wandte Nina ein.

Monica schüttelte den Kopf. »Nein, auf der MS ›Azzuro‹ kennt mich niemand. Außerdem habe ich bei meiner Heirat meinen Mädchennamen behalten: Anders. Felix Manthei würde also nicht darauf kommen, dass ich Pierres Ehefrau bin. Niemand wird darauf kommen, wenn wir es klug anstellen. Ich möchte mich an Bord sowieso nicht zu erkennen geben. Es würde die Besatzungsmitglieder sicherlich ziemlich verunsichern. Pierre war auf der »Azzuro« sehr bekannt und beliebt. Ich möchte nicht, dass mir ständig jemand sein Mitgefühl ausspricht, auch wenn es gut gemeint wäre. Ich möchte nur eines: denjenigen, der mir meinen Pierre genommen hat, zur Strecke bringen. Und das inkognito.«

»Und wie könnte ich dir dabei helfen?«, fragte Nina, überrascht, dass sie Interesse an dem Auftrag verspürte. An einem Auftrag auf einem Kreuzfahrtschiff!

Monica erklärte, dass sie nicht die Nerven hätte, sich selbst an Felix Manthei heranzumachen, um ihm seine Betrügereien und den Mord an Pierre nachzuweisen. Für Nina wäre es jedoch ein Job. Sie könne wie unbedarft die Nähe von Felix Manthei suchen. Das ginge an Bord eines Schiffes in der Regel sehr gut. Man träfe sich am Büfett, auf den Ausflügen, in der Sauna, am Pool, in den Shows, in der Bar. So ein Schiff wie die »Azzuro« mit nur dreihundert Passagieren sei wie ein kleiner Kosmos, in dem man sich immer wieder begegne.

»Aber Felix Manthei reist gemeinsam mit seiner Frau«, überlegte Nina. »Sie könnte misstrauisch werden, wenn ich die Nähe ihres Mannes suche.«

»Du sollst ihn ja nicht anbaggern«, sagte Monica, und Nina berührte es eigentümlich, dass diese fremde, ältere Frau ein solches Wort verwendete.

»Die Mantheis reisen immer gemeinsam«, fuhr Monica fort.

»Sie machen sich ein schönes Leben auf der ›Azzuro‹. Und verkaufen dort ihre Fälschungen. Die ›Azzuro‹ ist kein ›Costa‹- oder ›MSC‹-Schiff, das Tausenden Leuten Platz bietet, sondern ein klassisches Kreuzfahrtschiff mit nur wenigen Gästen, von denen sich manche auch teure Kunst leisten können. Du könntest also auch die Nähe von beiden suchen.«

Jetzt schüttelte Nina den Kopf. »Niemand wird mir abkaufen, dass ich mir eine Kreuzfahrt leisten kann. Es sei denn, ich behaupte, ich hätte im Lotto gewonnen.«

»Darüber habe ich auch schon nachgedacht«, sagte Monica. »Das mit dem Lottogewinn wäre keine gute Idee. Das würde schnell die Runde machen. Du stündest unter ständiger Beobachtung, weil du nicht eine ›von ihnen‹ wärst und man nur darauf wartet, dass du dich danebenbenimmst. Außerdem würdest du ständig auf diese Lottogeschichte angesprochen. Und wir müssten so tun, als würden wir uns erst auf dem Schiff kennenlernen. Ich möchte, dass wir gemeinsam reisen. Du als meine Begleitperson.«

»Als deine Freundin?«, fragte Nina.

Sollte sie sich etwa als Lesbe ausgeben?

»Als meine Pflegerin«, antwortete Monica. »Ich tue so, als wäre ich gesundheitlich nicht mehr gut in der Lage, allein zu reisen. Als hätte ich eine Krankheit, durch die ich zeitweilig im Rollstuhl sitzen muss. MS oder so etwas, was diese eine Politikerin in Mitteldeutschland hat. Ich gebe vor, ich wolle eine solche Reise machen, solange es noch geht. Ich buche uns zwei Kabinen nebeneinander. Du musst also keine Sorge haben, dass du mit mir in einer Kabine schlafen musst. Du kannst fast immer tun, was du möchtest, Ausflüge, Feiern in der Bar, was du willst. Hauptsache, du gehst dabei deinem Job nach. Ich werde alles bezahlen. Übermorgen geht es los!«

»Übermorgen?«, entfuhr es Nina.

Monicas Blick blieb an Ninas aufgeklapptem Laptop hängen.

»Ich finde, es gibt schlechtere Jobs, als eine Kreuzfahrt zu machen.«

Nina war sich dessen bewusst, trotzdem hielt sie etwas davon ab, zuzusagen. Sie sollte das außerdem unbedingt mit Jan besprechen.

»Ich muss darüber nachdenken«, sagte sie. Gleichzeitig befürchtete sie, dass Monica das Interesse an ihr als Ermittlerin verlieren und jemand anders den Auftrag auf der »Azzuro« geben könnte.

Monica erhob sich.

»Überlege es dir. Ich habe unsere beiden Kabinen bereits reserviert. Im Reisebüro brauchen sie bis morgen alle möglichen Unterlagen für die Reederei, damit es so kurzfristig noch klappt, Passnummern und so weiter. Ich werde dir die fünf Tage an Bord bezahlen und auch dein Honorar. Wie hoch ist dein Tagessatz?«

Nina zögerte, wie immer, wenn es um Geld ging, viel zu lange die Antwort hinaus. Weil sie befürchtete, der Auftraggeber könnte abspringen, wenn sie ihren Tagessatz von vierhundert Euro nannte. Plus Spesen. Jan hatte ihr eingebläut, dass dieses Honorar üblich und angemessen wäre und Nina so viel verlangen sollte, wenn sie als professionelle Ermittlerin rüberkommen wolle. Aber Monica Anders bezahlte doch als Spesen bereits eine sehr teure Kreuzfahrt. War das nicht genügend Lohn für Ninas Arbeit?

»Dreihundertfünfzig Euro«, sagte Nina beinahe ängstlich und fügte hinzu: »Zuzüglich Mehrwertsteuer. Und auf Rechnung.«

Monica Anders wirkte keineswegs überrascht.

»Ich werde noch einhundertfünfzig pro Tag drauflegen. Du musst dir Klamotten kaufen. Mindestens zwei Abendkleider für die festlichen Abendshows, die zu Beginn und am Ende der Reise stattfinden. Abendschuhe, Taschen. Und, und. Ein paar Sachen könnte ich dir auch leihen. Aber darüber reden wir dann, wenn du dich entschieden hast. Morgen.«

Nina folgte Monica in Richtung Wohnungstür. Am liebsten hätte sie jetzt gesagt: »Alles klar, ich komme mit auf die MS ›Azzuro‹!« Doch sie sagte nichts.

Monica strich zum Abschied kurz über Ninas Oberarm.

»Ich wäre dir wirklich sehr dankbar, wenn du bereit wärst,

mir zu helfen. Wir werden auf dem Schiff sicherlich ein gutes Team sein. Vielleicht können wir danach ja weiterhin zusammenarbeiten. In meiner Galerie zum Beispiel.«

Nina wusste nicht, was sie noch sagen sollte. Monica schritt die Treppen hinunter, ohne sich noch einmal zu ihr umzudrehen.

14

Ich hätte nicht gedacht, dass es so einfach ist, einen Menschen aus dem Weg zu räumen.

Ich habe mir nicht mal die Hände dabei schmutzig gemacht. Niemand ist mir in die Quere gekommen. Keiner auf die Schliche. Sollte dies doch noch geschehen, würde ich es noch einmal tun. Jetzt, da ich weiß, dass es so einfach ist, einen Menschen zu töten.

15

Noch bevor Nina ihm die ganze Geschichte über den Auftrag erzählt hatte, fühlte Jan bereits Unbehagen in sich aufsteigen. Eigentlich sollte er sich freuen, dass Nina endlich wieder Arbeit hatte, denn er spürte, wie sehr es sie belastete, dass sie seit Monaten kaum Geld verdiente und Jan für fast alles in ihrem gemeinsamen Leben allein aufkommen musste. Er hatte seiner Freundin nie gestanden, dass er ihr am Anfang ihrer Beziehung Ermittlungsaufträge zugeschanzt hatte, obwohl Ninas Mitarbeit in manchen Fällen seiner Mandanten gar nicht notwendig gewesen war. Einige Ermittlungen oder Recherchen hatte Jan sogar aus eigener Tasche bezahlt. Das konnte er sich allerdings, seit sie die große Wohnung Mittschiffs besaßen, erst mal nicht mehr leisten. Weshalb war er nicht erleichtert, dass für Nina ein gut bezahlter Job ins Haus stand? Weil dieser Job mit sich brachte, dass sie allein verreiste? Weil Jan immer noch befürchtete, Nina verlieren zu können, so, wie es schon einmal passiert war?

»Irgendetwas gefällt mir daran nicht«, meinte Jan. »Du hast noch nicht zugesagt, oder?«

Nina schüttelte kaum merklich den Kopf. »Was gefällt dir daran nicht?«, fragte sie beinahe trotzig.

Hatte sie den Auftrag etwa bereits angenommen?

Jan blickte auf den Bildschirm des Fernsehapparates. Er hatte die Übertragung eines Fußballspieles aus Brasilien stumm geschaltet. Am liebsten hätte er geantwortet: »Ich verstehe nicht, weshalb Monica Anders ausgerechnet dich auf dieses Schiff mitnehmen will!« Doch er wusste, dass Nina dies so deuten würde, als würde Jan ihr die Erledigung des Auftrages nicht zutrauen. Dabei hatte sie längst bewiesen, dass sie eine clevere Ermittlerin war. Cleverer, als die Kripo es manchmal war. Cleverer, als die Polizei es erlaubte. Wie sollte Jan ihr beibringen, dass er nicht wollte, dass sie ohne ihn verreiste, auch wenn es nur für fünf Tage auf einem Kreuzfahrtschiff war? Nina verabscheute es, wenn jemand an ihr klammerte. Sie fürchtete zu enge Bindungen und ließ sich gern ein Hintertürchen offen. Dass sie jetzt hier mit ihm im gemeinsamen Wohnzimmer saß, grenzte beinahe an ein Wunder, wurde Jan wieder einmal bewusst.

Jan machte mit dem Kopf eine Bewegung in Richtung des Penthouses auf der gegenüberliegenden Seite der Straße.

»Ich weiß nicht, ob du dich von dieser Frau für ihre Mordtheorien benutzen lassen solltest. Der Tod ihres Mannes war doch eindeutig ein Unfall.«

»Das kann mir eigentlich gleichgültig sein«, entgegnete Nina. »Sinnloser Auftrag hin oder her – ich werde eine Menge Geld verdienen. Und ich bekomme eine Kreuzfahrt geschenkt!«

Jan spürte einen Stich in der Magengegend.

»Das ist es, was mich stutzig macht: Weshalb will die Frau so viel Geld für eine aussichtslose Sache ausgeben? Sie legt sogar noch etwas obendrauf, damit du dir teure Klamotten kaufen kannst. Verstehe ich nicht.«

Nina zuckte mit den Schultern.

»Was würdest du tun, wenn du überzeugt wärst, mir hätte jemand etwas angetan, und kein Mensch würde dir das glauben?«

Jan blickte Nina in die Augen.

»Siehst du«, fuhr Nina fort. »Du würdest der Sache auch selbst nachgehen. Und was das Geld betrifft: Monica Anders wird eine hohe Lebensversicherung ihres Mannes ausgezahlt bekommen haben. Ich würde das Geld an ihrer Stelle auch dafür ausgeben, den Tod des mir liebsten Menschen aufzuklären.«

Jan lächelte, und Nina legte ihre Hand auf die seine.

»Der Zufall will es, dass Monica Anders jemanden verdächtigt, der ausgerechnet auf einem Kreuzfahrtschiff unterwegs ist. Glaub mir, es wäre bestimmt einfacher für mich, hier an Land in Travemünde zu ermitteln und dieser Frau nicht Tag und Nacht ausgeliefert zu sein.«

»Du hast dich schon entschieden, stimmt's?«, fragte Jan. »Du möchtest diese Reise machen. Du müsstest mich übrigens wegen so etwas nicht fragen.«

»Doch, ich möchte ab jetzt immer alles mit dir bereden und gemeinsam entscheiden. Es geht um einen Job. Er dauert nur fünf Tage. Dann werde ich wieder hier sein. Bei dir.«

Jan nickte. Er durfte Nina die Reise nicht ausreden, damit sie sich von ihm nicht bedrängt fühlte, auch wenn die Mordtheorie der Monica Anders Unsinn war. Der reine Blödsinn.

»Wie heißt dieser Kutter, auf den du gehen wirst?«, fragte er.

»Azzuro.«

»Versprich mir, dass du dich nicht in den Kapitän verliebst!«

Nina lachte auf. »Du kennst mich doch! Wenn schon, dann in einen Matrosen …«

16

Monica musste sich auf den großen Koffer setzen, um ihn schließen zu können. Sie hatte für die fünftägige Reise so viele Sachen eingepackt, als würde sie mindestens drei Wochen unterwegs sein. Sie packte immer zu viel ein, erst recht, wenn sie mit einem Kreuzfahrtschiff reiste. Sie würde mit Nina zwar nicht auf ein Fünf-Sterne-plus-Schiff wie die MS »Europa« oder MS »Europa 2« steigen, aber auch auf einem Vier-Sterne-Schiff wie der MS »Azzuro« sollte man sich sicherlich zweimal am Tag umziehen. Als Pierre noch lebte, hatte er sich gern über Monicas Packorgien, wie er sie nannte, lustig gemacht. Er dagegen warf innerhalb von einer Stunde seine Sachen in einen Koffer und kam nicht nur gut damit aus, sondern war auch immer bestens gekleidet.

Monica setzte sich auf die Bettkante, auf Pierres Bettkante, und fühlte sich plötzlich verloren. War es richtig, was sie in den nächsten Tagen vorhatte? Sie hatte in ihrer Ehe so vieles falsch gemacht. Ständig war sie in übertriebener Sorge gewesen, Pierre zu verlieren. Vermutlich hatte sie ihren Mann auch dadurch von sich fortgetrieben. In die Arme einer anderen. Dieser Hure auf dem Schiff. Durch die Monica ihren Pierre nun für immer verloren hatte. Das durfte Monica keinesfalls hinnehmen! Sie hatte fünf Tage Zeit, sich zu rächen. Fünf Tage nur. Auf der MS »Azzuro«.

Monica erhob sich und zerrte den schweren Koffer vom Bett in Richtung Wohnungstür. Sie hatte für Nina Wagner ebenfalls ein paar edle Kleidungsstücke eingepackt, auch wenn von mitreisendem Pflegepersonal sicherlich nicht unbedingt erwartet wurde, dass es immer den vorgeschriebenen Dresscode einhielt. Aber Monica wollte auf dem Schiff so wenig wie möglich auffallen, schon gar nicht durch eine schlecht gekleidete Begleiterin. Diese Nina war hübsch, mit ihren Mitte dreißig und dem blonden Pferdeschwanz, ein mädchenhafter Typ, der kaum Schminke benötigte. Wie schön würde sie auf dem Schiff aussehen, wenn sie beim Dinner oder in der Show das Haar offen trug. Sicherlich hatte sie nicht genügend Zeug in ihrem Kleiderschrank, um sich zu diesen Anlässen schiffsgerecht zu kleiden. Hatte sie ausreichend Zeit gehabt, um sich noch passende Klamotten zu kaufen? Und hatte sie überhaupt Geschmack? Gestern hatte Nina Monica angerufen, um zu berichten, dass sie im First Class Second Hand in der Kurgartenstraße einen edlen Damensmoking erworben hätte. Und in der Boutique Osterburg in der Vorderreihe ein paar schicke Oberteile von Marc Cain. Außerdem wäre sie bei Nils Larsen, dem wohl angesagtesten Friseur Travemündes, gewesen – extra für die bevorstehende Reise. Monica hatte Erleichterung gefühlt. Bisher schien alles in die richtige Richtung zu gehen. In Monicas Richtung.

Sie hatte mit Nina verabredet, dass sie gemeinsam ein Taxi zum Schiff nähmen. Ihr Freund dürfe gern mitfahren, hatte Monica angeboten. Sie bezahle.

Monica ging ein letztes Mal durch ihre Wohnung. Sie hatte sie nach allem abgesucht, was für die bevorstehende Reise relevant sein könnte. Dabei hatte sie in den Unterlagen ihres Mannes noch ein paar wichtige Informationen über Felix Manthei gefunden. Die Expertisen, die Pierre über das angebliche Bild Eugen Kästners hatte machen lassen. Den Entwurf der Anzeige bei der Staatsanwaltschaft. Weshalb hatte Pierre nur gezögert, diesen Typen anzuzeigen? So lange, bis es zu spät war. Weil er immer zu allen zu nett gewesen war! Beinahe zwanghaft nett. Weil er niemandem wehtun und es sich mit keinem verderben wollte. Dadurch hatte er letztendlich größeren Schaden angerichtet, als wenn er rechtzeitig gesagt hätte, was ihm nicht gefiel und womit Schluss sein sollte. Würde ein Mann wie Felix Manthei tatsächlich töten, damit seine Betrügereien nicht aufflogen? Diese Nina könnte es herausfinden. Monica würde sich währenddessen um die Entertainmentmanagerin Marion Randow kümmern. Diese Hure! Deren unverhohlene Drohungen Monica inzwischen nicht nur auf Pierres Handy, sondern auch unter dessen Mails gefunden hatte.

Monica zog die Vorhänge vor das Panoramafenster und sah,

dass Nina und Jan bereits das Haus verließen, um auf Monica und das gemeinsame Taxi zu warten.

Sie blickte auf die Uhr. Um sechzehn Uhr begann die Einschiffung. Jetzt war es sechzehn Uhr. Seit heute Morgen lag die MS »Azzuro« im Hafen. Gäste reisten ab oder an, die noch verbleibenden machten Ausflüge nach Lübeck oder nach Timmendorf, bevor das Schiff um neunzehn Uhr zur Weiterfahrt nach Norwegen ablegte. Mit Monica Anders und Nina Wagner an Bord. Und all den anderen, die keine Ahnung hatten, was ihnen auf dieser Reise bevorstand.

Monica schloss den letzten Vorhang. Als sie das Zimmer verließ, richtete sie einen Bernstein in der Sammlung, die wieder akkurat auf dem Kaminsims lag.

17

Hunderte Menschen drängten sich in der Vorderreihe vor dem Kreuzfahrtterminal, um das schöne azurblaue Schiff, das dort festgemacht hatte, zu bestaunen und dem Shantychor der »Passat« zu lauschen, der zur Begrüßung der MS »Azzuro« in Travemünde seine Lieder sang. Nina erinnerte sich, dass sie kürzlich in einer Zeitung gelesen hatte, dass Travemünde zu einem der beliebtesten Häfen, die von Kreuzfahrtschiffen angefahren wurden, gewählt worden war. Schon oft hatte auch sie am Terminal beobachtet, wenn Gäste und Mitglieder der Crew stolz in »ihr« Schiff ein- oder ausstiegen. Wenn der Chor hier sang und sich Schaulustige darüber unterhielten, ob sie selbst gern mal eine Kreuzfahrt unternehmen würden. Nina hatte einige rostige Kähne gesehen und manche schicke weiße Schiffe, jedoch noch nie ein solch edles azurblaues Schiff wie das, auf dem sie nun fünf Tage unterwegs sein würde – die MS »Azzuro«. Sie griff nach Jans Hand.

Während Monica Anders den Fahrer bezahlte, holten Jan und Nina das schwere Gepäck aus dem Kofferraum des Taxis.

»Meinst du immer noch, ich hätte zu viel eingepackt?«, fragte Nina lachend, als Jan Monica Anders' zweiten Koffer nur mit großer Kraft aus dem Auto heben konnte. Zwei philippinische Crew-Mitglieder eilten auf sie zu und fragten höflich, ob sie ihnen das Gepäck aufs Schiff bringen dürften. Monica Anders entnahm ihrer Handtasche azurblaue Anhänger, auf die sie die Kabinennummern geschrieben hatte, befestigte diese an den Koffern und sagte: »Jetzt dürfen Sie!« Die zwei Männer zogen mit den Koffern los, als wären sie federleicht.

Monica reichte Jan die Hand.

»Machen Sie sich bitte keine Sorgen, ich werde Ihnen Ihre Freundin wohlbehalten zurückbringen.«

Jan beteuerte, dass er sich nicht sorgte. Nina wusste es besser. Auch sie war nervös. Weil sie Reisefieber hatte und nicht wusste, was in den nächsten Tagen auf sie zukommen würde. War es ein

Fehler, sich von einer fremden Frau auf eine Kreuzfahrt einladen zu lassen? Sich von dieser dadurch abhängig zu machen und ihr verpflichtet zu sein?

Nina umarmte und küsste Jan zum Abschied. Monica wandte sich diskret ab und ging ein paar Schritte in Richtung der Treppe, die aufs Schiff führte. Dabei zog sie ein Bein nach. Nina folgte ihr irritiert, bis sie begriff, was dieses Humpeln sollte: Monica spielte ab sofort die gesundheitlich beeinträchtigte Frau. Nina blickte sich mehrmals zu Jan um, als sie ihrer Auftraggeberin aufs Schiff folgte. Er verließ bereits das Terminal und begab sich hinter den Zaun zu den vielen Schaulustigen.

Nina schritt langsam hinter Monica Anders die wackeligen Stufen der ausgefahrenen Treppe hinauf und betrat das Innere der MS »Azzuro«. Mehrere höhere Mitglieder der Crew in azurblauen Uniformen standen aufgereiht im Gang zur Lobby und begrüßten jeden Neuankömmling per Handschlag und mit sehr freundlichen Worten. Nina nahm vor Aufregung nicht wahr, wer ihr der Reihe nach die Hand schüttelte – der Kreuzfahrtdirektor, der Hoteldirektor, die Entertainmentmanagerin. Vermutlich waren es auch Monica zu viele, denn sie ließ die Hand der Entertainmentmanagerin aus.

Junge Kellnerinnen boten Begrüßungsdrinks und Canapés an. Monica und Nina entschieden sich für Sekt, stellten ihre Handtaschen auf einen der noch freien, extra für die Einschiffung aufgebauten Stehtische und stießen miteinander an.

»Auf eine schöne Reise!«, sagte Monica.

Inmitten der Lobby stand ein weißer Flügel, an dem ein Pianist spielte. In den mit königsblauem Samt bezogenen Sesseln und Sofas saßen weitere Neuankömmlinge und offensichtlich auch Passagiere, die bereits länger an Bord waren und nun neugierig beobachteten, wer dazustieg. Alle waren nicht nur wesentlich älter als Nina, sondern auch um einiges älter als Monica. Es war wohl tatsächlich eine gute Idee, dass Monica Nina als ihre Pflegerin ausgab, wenn sie nicht unter dem fast durchgängig aus Senioren bestehenden Publikum auffallen wollten. Eine Kellnerin kam an den Tisch und fragte, ob sie nachschenken dürfe. Nina und Monica wechselten einen kurzen Blick und bejahten dankend.

Aus einem an die Lobby angrenzenden Raum kamen junge Leute, die Instrumente mit sich trugen und sich angeregt unterhielten. Offenbar hatten sie hinter den hohen verschlossenen Türen geprobt. Im Gegensatz zu den Kreuzfahrtgästen waren sie auffallend leger gekleidet und nahmen kaum Notiz von den einschiffenden Passagieren in der Lobby.

Eine Lautsprecherdurchsage ertönte: »Sehr verehrte Gäste der MS ›Azzuro‹, hier spricht Ihr Kreuzfahrtdirektor. Ich darf alle neu zugestiegenen Gäste aufs Herzlichste an Bord der MS ›Azzuro‹ begrüßen. Es ist jetzt siebzehn Uhr dreißig. Wir befinden uns im Hafen von Travemünde und hoffen, dass alle Gäste, die bereits die vorherige Reise mit uns gemacht haben, hier einen wunderschönen Tag verbracht haben. Um neunzehn Uhr werden wir Travemünde in Richtung Oslo verlassen. Vorher findet eine Seenotrettungsübung statt. Diese Seenotrettungsübung ist für alle Gäste obligatorisch, auch für diejenigen, die bereits eine oder mehrere Reisen an Bord unseres Schiffes sind oder schon auf anderen Schiffen solche Übungen mitgemacht haben. Um achtzehn Uhr ertönt das Notsignal. Danach kommen Sie bitte alle mit Ihren Rettungswesten, die Sie in Ihren Kabinen finden, zu den Sammelstellen. Wo sich Ihre Sammelstelle befindet, ist auf Ihrer Weste gekennzeichnet …«

Monica Anders blickte auf ihre Uhr.

»Wir sollten vorher noch unsere Kabinen beziehen und ein wenig auspacken. Dann können wir danach noch die Ausfahrt aus Travemünde auf Deck genießen, bevor das Abendessen beginnt. Der erste Tag auf einem Schiff ist immer etwas hektisch.«

Monica und Nina ließen die halb vollen Gläser stehen und eilten an die Rezeption. Dort übergab Monica die Reiseunterlagen. Die Angestellte fragte nach den Pässen, die sie während der Reise einbehalten würde, und machte von den beiden Frauen jeweils ein Foto, das sie auf den Karten speicherte, die Nina und Monica nicht nur als Kabinenschlüssel, sondern auch beim Aus- und Einsteigen in den Häfen dienten. Auf dieser Reise würde es jedoch nur einer sein – Oslo.

Eine ältere Dame, die auf dem Kopf einen Sonnenhut und schräg über Busen und Bauch den Gurt ihrer kleinen Handtasche trug, drängte sich zwischen Nina und Monica. Ohne abzuwarten, ob sie schon an der Reihe war, forderte sie von der Rezeptionistin: »Ich erwarte, dass das Schiff heute Nacht nicht wieder so wackelt!«

»Wir werden unser Möglichstes tun, liebe Frau Meier«, antwortete die junge Frau hinter dem Tresen lächelnd.

»Das haben Sie gestern auch behauptet«, entgegnete Frau Meier. »Richten Sie dem Kapitän von mir aus, er möge bitte dafür sorgen, dass das Schiff nicht wackelt!«

»Das werde ich sehr gern tun«, erwiderte die Rezeptionistin. »Allerdings befinden wir uns nachher auf See, und dort könnte es, wenn etwas stärkerer Wind aufkommt …«

»Ich verlange …«

»Wir werden sehen, was wir tun können, Frau Meier, versprochen!«

Frau Meier zog ab. Nina und Monica warfen sich einen amüsierten Blick zu. Die Rezeptionistin lächelte weiterhin ihr Vier-Sterne-Kreuzfahrt-Lächeln und überreichte den zwei Frauen die Schlüsselkarten für ihre Kabinen.

»Ich wünsche Ihnen einen angenehmen Aufenthalt auf der MS ›Azzuro‹. Die Fahrstühle befinden sich dort vorn links. Ihre Koffer sind bereits auf Ihren Kabinen.«

Nachdem sie in den Fahrstuhl eingestiegen waren, drückte Monica die Neun. Da nur dreizehn Stockwerke angezeigt wurden, vermutete Nina, dass es sich bei der neunten um eine gute Etage auf dem Schiff handeln würde. Sie folgte Monica den langen, mit dicken Teppichen ausgelegten Flur entlang. Dicht an dicht lagen die Kabinen nebeneinander. An den wenigen freien Wandflächen dazwischen hingen Bilder. Monica blieb stehen, wandte sich zu Nina um und flüsterte: »Alle von deinem Zielobjekt Felix Manthei. Die Reederei hat ihn damals zur Taufe der ›Azzuro‹ beauftragt, das ganze Schiff mit Originalen von anerkannten Künstlern auszustatten. Inzwischen könnte man vermuten, dass er die Bilder selbst gemalt und eine Menge Kohle damit verdient hat. Ich habe alles eingepackt, was ich darüber in den Unterlagen meines Mannes gefunden habe. Gebe ich dir nachher.«

Sie ging weiter und vergaß dabei zu humpeln. Nina blickte sich um. Es war niemand sonst auf dem Flur, also unterließ sie es, ihre Auftraggeberin zu ermahnen.

Monica blieb vor der Tür mit der Nummer 936 stehen.

»Hier wohne ich.« Sie zeigte auf die Tür, die danebenlag. 938. »Und dort wohnst du. Aber komm erst mal mit zu mir.«

Die Kabine war unerwartet geräumig. Ein großes Doppelbett, das man auch zu zwei Einzelbetten auseinanderstellen konnte. Darauf, bereits zum Auspacken bereitgestellt, Monicas Koffer. Zwei kleine Sessel und ein Tisch, auf dem in einem Kübel eine Flasche Begrüßungssekt stand. Ein kleiner Schreibtisch, Fernsehapparat. Gegenüber dem Kleiderschrank im Eingangsbereich lag das Badezimmer, das sehr eng war. Dusche, WC, Waschbecken und ein paar Aufbewahrungsmöglichkeiten für Kosmetika. Monica zog die Vorhänge vor den Fenstern beiseite. Ein Balkon!

»Ich habe gedacht, das gönne ich uns«, sagte sie, als sie hinaustrat. »Wenn schon, denn schon. Du hast auch einen, damit du nicht zu jeder Zigarette raus an irgendeine Bar musst.«

Nina konnte den Blick kaum abwenden von dem, was sie von hier oben aus sah: Travemünde. Die in der Abendsonne belebte Vorderreihe. Im Café Niederegger sowie in der Eisdiele daneben schien jeder Platz besetzt. Die vielen Menschen am Zaun, die zu Monica und ihr hinaufschauten. Kinder, die winkten. Der Shantychor sang immer noch. Ein Taxi fuhr vor und brachte weitere Gäste der MS »Azzuro«. An den Fenstern der über den vielen kleinen Geschäften in der Vorderreihe liegenden Ferienwohnungen: Schaulustige. Eine ältere Dame hatte ihre Stofftiere in die Fensterbank gesetzt, Pinguin, Löwe, Hund, Teddy und Pittiplatsch, damit auch diese das schöne Schiff bestaunen konnten.

Nina suchte in der Menge auf der Straße nach Jan, doch sie entdeckte ihn nicht.

»Wir haben eine Verbindungstür«, sagte Monica und trat zurück ins Innere ihrer Kabine. »Dann musst du nicht immer außen herum gehen, wenn du zu mir willst. Immerhin bist du offiziell meine Pflegerin.«

Sie öffnete den Durchgang zu Ninas Kabine.

Nina trat in ihr Reich für die kommenden fünf Tage. Ebenso geräumig und schön. Ebenfalls Begrüßungssekt auf dem Tisch. Der Koffer auf dem Bett. Und ein Balkon!

Es klopfte. Nina warf Monica einen fragenden Blick zu. Die nickte und setzte sich mit wehleidigem Blick auf die Bettkante. Nina öffnete einer hübschen jungen Frau mit streng zurückgebundenen dunklen Haaren, die sich als Olga vorstellte, die Tür. Sie sei die Kabinenstewardess und wolle fragen, ob alles zur Zufriedenheit ihrer Gäste sei und ob Monica und Nina Hilfe benötigten.

Monica bedankte sich und bat Olga darum, erst morgen wiederzukommen, denn heute gebe es für sie nichts mehr zu tun. Olga fragte etwas verunsichert nach, ob sie denn an diesem Abend nicht die Betten aufschlagen und die Vorhänge zuziehen solle, wenn die beiden Damen beim Abendessen wären. Monica wehrte dies etwas streng ab. Olga übergab ihnen das Programm für den nächsten Tag und wies darauf hin, dass in wenigen Minuten die Seenotrettungsübung stattfinden würde und wo sich die Rettungswesten befänden. Sie bot an, beim Anlegen der Westen behilflich zu sein, aber Monica lehnte auch dies ab.

Als Olga die Kabine verlassen wollte, sagte Monica: »Moment!«, und bat Nina, ihr ihre Handtasche von nebenan zu holen, so, als könne sie dies selbst nicht tun. Nina gehorchte eilig. Monica entnahm ihrem Portemonnaie fünfzig Euro und reichte sie Olga. »Für den Anfang!«

Olga bedankte sich überschwänglich, bevor Nina die Tür hinter ihr schloss.

»Es ist immer gut, den Zimmermädchen bereits zu Beginn Trinkgeld zu geben, dann bemühen sie sich während der Reise«, meinte Monica. »Ich werde mich noch etwas frisch machen, bevor wir gleich zur Übung müssen.«

Sie begab sich in ihre Kabine. Nina blickte auf den Koffer auf ihrem Bett und kam sich plötzlich verlassen vor. Sie zog die Vorhänge auf und trat auf ihren Balkon hinaus. Als sie über ihre Heimatstadt blickte, kam es ihr vor, als wäre sie in der Fremde. Sie zündete sich eine Zigarette an, lehnte sich über die

Brüstung und hielt erneut vergeblich nach Jan Ausschau. Dabei entdeckte sie Monica hinter der Milchglasscheibe, die ihre beiden Balkone voneinander abschirmte. Nina wich zurück. Sie wollte einen Moment lang ungestört sein, vielleicht den letzten in den kommenden fünf Tagen. Da ertönte das Alarmsignal – zur obligatorischen Seenotrettungsübung.

18

Die meisten Gäste eilten aus ihren Kabinen, als wären sie nicht auf dem Weg zu einer Übung, sondern als wäre ein echter Alarm ausgelöst worden. Während Monica ihre Weste verschnürt unter dem Arm hielt, versuchte Nina, die ihre im Gehen anzulegen. Es gelang ihr nicht. Der Gurt, den sie geöffnet hatte, schleifte über den Teppichboden, sie stolperte darüber und fiel beinahe hin.

Am Ende des langen Ganges und vor den Fahrstühlen, die bei Übungsalarm nicht benutzt werden durften, standen Crew-Mitglieder in Rettungswesten, die ernst blieben, als in der Menge, die sich die Treppen zum Pooldeck in der dreizehnten Etage hinaufbemühte, der eine oder andere ironische Sprüche über das Unglück auf der »Costa Concordia« und deren Kapitän machte. Der Pool war nicht mehr zu sehen, denn viele weitere Crew-Mitglieder hatten sich auf seinem Rand aufgestellt. Einige von ihnen hielten große Schilder hoch, auf denen die jeweiligen Nummern der Sammelstellen der Gäste der dazugehörigen Decks standen. Das Deck neun hatte die Sammelstelle neun und das Rettungsboot neun.

Monica entschuldigte sich bei Nina dafür, dass der erste Tag einer Kreuzfahrt immer etwas stressig sei. Sie könnten froh sein, dass sie nicht noch einen langen Flug hinter sich hätten, um anschließend irgendwo auf der Welt an Bord eines Schiffes zu gehen.

Nina schoss die Frage durch den Kopf, ob dieser erste Tag, der ja nur ein Abend war, bereits als Arbeitstag zählte und von Monica voll honoriert wurde.

Monica berührte kurz Ninas Hand, wies mit dem Kopf in Richtung Poolbar und flüsterte: »Der Mann dort im schwarzen Hemd. Daneben die Frau. Das sind die Mantheis. Nicht hingucken!«

Nina schaute unwillkürlich zu den Mantheis und dann schnell wieder weg: »Woher weißt du, wie die aussehen?«, fragte sie.

»Mein Mann ist doch über die Jahre mit denen immer wieder auf Schiffen gefahren, dabei hat er auch Fotos gemacht. Die hat er mir nach jeder Reise gezeigt. Irgendwann haben die Mantheis Pierre auch in Travemünde besucht. Sie haben über Bilder gesprochen, die sie in meiner Galerie ausstellen könnten. Sie waren gemeinsam am Strand spazieren. Pierre hat ihnen sein Bernsteinufer gezeigt. Das war wohl alles sehr nett. Ich war damals leider nicht dabei, weil ich auf einer Kunstmesse war. Heute bin ich froh darüber. Du solltest am besten nachher noch versuchen, in Kontakt mit ihnen zu kommen.«

Der für die Gruppe neun zuständige Sicherheitsoffizier ließ einen Matrosen demonstrieren, wie man die Sicherheitsweste ordnungsgemäß anlegt. Alle Passagiere mussten es nachmachen. Dann erklärte der Offizier die Trillerpfeife an der Weste, mit der man um Hilfe fiepen konnte, die kleine Leuchte, die anging, wenn man ins Wasser fiel, den kleinen Schlauch, durch den man Luft in die Weste pusten konnte …

Obwohl er die Gäste darum bat, dies nicht alles auszuprobieren, bedienten manche der Passagiere sofort Pusten und Leuchten. Ein älterer Herr rief: »Aus meiner Trillerpfeife kommt kein Ton!«

»Das liegt daran, dass Sie in den Luftschlauch pusten«, antwortete der Sicherheitsoffizier streng, aber freundlich.

Eine Dame rief: »Meine Lampe geht nicht an!«

»Sie drücken gerade auf die Trillerpfeife«, sagte der Offizier.

Während er den Ablauf der Rettungsmaßnahmen in einem Ernstfall erklärte, blickte Nina zu den Mantheis. Dieser gut aussehende Mann ein Mörder? Es kam selten vor, dass Nina ältere Männer attraktiv fand, denn die meisten bekamen ihrer Ansicht nach etwas Opahaftes und verloren jeglichen Sexappeal. Der Mann dort an der Bar war jedoch auch mit seinen geschätzten sechzig Jahren noch ein interessanter Typ. Durch einen schlanken, beinahe hageren Körper hatte er sich etwas Jungenhaftes bewahrt. Die langen, noch vollen Haare trug er grau meliert nach hinten gekämmt. Das Gesicht war braun gebrannt. Die Falten verliehen ihm nichts Verlebtes, sondern etwas Lebendiges. Schlaksig lehnte er an der Poolbar, neben sich seine gleichaltrige, ebenfalls recht attraktive Frau. Beide in edlem Freizeitlook.

Die Mantheis würden gut nach Timmendorf passen, überlegte Nina und verwarf dann den Gedanken. In Timmendorf trugen die meisten älteren Männer, die etwas auf sich hielten, auch kein Beige, doch dafür gern grüne Hosen und rote Steppwesten (oder umgekehrt) zu roten oder grünen Schuhen und nach hinten gegelten Haaren. Das war peinlich. So wie auch ihre Frauen, die sich mit häufig zu dick silber- oder goldbestickten Jacken und Hosen zum massiven Goldschmuck um Hälse und Arme stylten. Die Mantheis kleideten sich dagegen dezent und fielen trotzdem auf. Beide mussten in ihrer Jugend sehr schön gewesen sein, auf den zweiten Blick waren sie es bis heute. Würde Jan eines Tages ein so gut aussehender Typ wie Felix Manthei sein?, überlegte Nina. Die Vorstellung gefiel ihr.

Dass sie gegen Felix Manthei ermitteln sollte und dafür noch keinen Plan hatte, gefiel ihr weniger. Sie hatte auf dieses Schiff gewollt, um durch einen Job während einer Kreuzfahrt schnelles und gutes Geld zu verdienen. Sie sollte endlich anfangen, auch dafür zu arbeiten. Sich in die Unterlagen einlesen, die Pierre Valet über die Taten Mantheis zusammengestellt hatte. Sich an den Galeristen heranmachen. Felix Manthei wirkte wie jemand, der Frauen gefallen wollte. Das machte es Nina vielleicht einfacher, in seine Nähe zu gelangen.

Sie schaute zu ihm, so lange, bis es ihm auffiel. Bis er sie entdeckt hatte. Nina hielt seinem Blick stand, bis er es schließlich war, der wegschaute. Als sie kurz darauf wieder zu Felix Manthei blickte, bemerkte sie, dass er sie beobachtete. Seine Frau wurde darauf aufmerksam und fixierte Nina. Nina richtete jetzt ihr Augenmerk auf den Vortrag des Sicherheitsoffiziers, der zunächst erklärte, dass das Rauchen an Bord in den Kabinen grundsätzlich verboten und nur auf den Balkons und auf den Decks in vorgeschriebenen Bereichen und manchen Bars gestattet sei. Dass man keine Kippen über die Reling werfen solle, denn diese kämen durch den Wind auf das Schiff zurückgeflogen. Feuer sei auf einem Kreuzfahrtschiff eine der größten Gefahrenquellen. Deshalb sei auch die Benutzung von Kerzen, Bügeleisen und Tauchsiedern auf den Kabinen nicht erlaubt. Nina unterdrückte ein Lachen, denn wer brachte auf eine Vier-Sterne-Kreuzfahrt, während der es beinahe rund um die Uhr Speisen und Getränke gab, einen Tauchsieder mit?

Als den Passagieren für den Fall, dass sie die »Azzuro« im Notfall verlassen müssten, das Einsteigen in die Tender, wie die Rettungsboote auch genannt wurden, erklärt wurde, ließ Nina, der das alles inzwischen zu lange dauerte, ihren Blick über die Menschen schweifen, über den Himmel von Travemünde und die Kirchturmspitze am alten Marktplatz, wo ihre Mutter wohnte. Ihre Mutter, von der sie sich nur durch einen kurzen Anruf verabschiedet hatte. Und der sie nicht gesagt hatte, dass sie für eine Weile auf ein Kreuzfahrtschiff ging, weil ihre Mutter bis heute nichts damit anfangen konnte, dass Nina als Privatdetektivin arbeitete. Nina hatte vorgegeben, ein paar Tage in Hamburg zu verbringen, um dort einem Job als Übersetzerin nachzugehen. Nina wollte jetzt nicht an ihre Mutter denken, sondern daran, weshalb sie hier war, hier sein durfte.

Der Bordfotograf kam zur Gruppe neun und fotografierte die lustige Gesellschaft in Rettungswesten. Viele stellten sich sofort freudig in Pose. Monica legte Nina einen Arm um die Schulter. Beide Frauen lächelten fürs Foto, beinahe so, als wären sie Freundinnen.

Der Offizier erklärte als Letztes, wie sich die Gäste im Falle von »Mann über Bord« zu verhalten hätten. Dem Ertrinkenden solle man sofort einen Rettungsring zuwerfen und unbedingt an der Stelle an der Reling stehen bleiben, von der aus man den Mann über Bord im Wasser entdeckt hatte. Man solle mit ausgestrecktem Arm auf ihn zeigen, damit man ihn in den Wellen nicht aus den Augen verlor, und laut rufen: »Mann über Bord!«, bis jemand die Brücke informierte und Hilfe veranlasst wurde. Auf keinen Fall solle man hinterherspringen, um den Mann über Bord zu retten, denn ein solches Schiff führe mit recht hoher Geschwindigkeit und die Wellen im Meer wären oft höher, als sie wirkten.

Während andere Gäste darüber scherzten, dass es kein Kommando »Frau über Bord« gab und Frauen wohl deshalb grundsätzlich nicht gerettet würden, begriff Nina, dass wohl kaum jemand, der auf offener See über Bord ging, gerettet werden konnte, erst recht nicht, wenn es nachts geschah. Monica flüsterte ihr zu, dass während Kreuzfahrten angeblich ziemlich häufig Menschen über Bord gingen – freiwillig oder unfreiwillig. Nina dachte kurz darüber nach, dass sie noch ein paar Minuten Zeit hatte, das Schiff zu verlassen.

Der Sicherheitsoffizier dankte allen Gästen für ihre Aufmerksamkeit und wünschte eine erlebnisreiche Reise auf der MS »Azzuro«. In wenigen Minuten würde das Schiff ablegen.

Nina half Monica aus der Rettungsweste, als gehöre es zu ihrem Job.

»Bleib noch hier!«, flüsterte Monica ihr zu und nickte in Richtung Poolbar.

19

Felix Manthei bestellte sich einen Drink, nachdem seine Frau mit ihrer und seiner Rettungsweste im Inneren des Schiffes verschwunden war. Ein Techniker in azurblauem Overall mit der Aufschrift »MS Azzuro« auf dem Rücken öffnete auf dem Deck einen Schrank mit einer Musikanlage. Er kam Nina bekannt vor, doch sie wusste nicht, woher. Über Lautsprecher begrüßte der Kapitän die neu zugestiegenen Gäste und kündigte an, dass die MS »Azzuro« nun den Hafen von Travemünde verlassen würde. Er wünschte allen eine wunderschöne Ausfahrt aus einem der schönsten Häfen der Welt. Immer mehr Gäste reihten sich an der Reling auf, um von hier aus das Auslaufen des Schiffes zu genießen. Die meisten machten Fotos. Kellner boten auf Tabletts Getränke und Häppchen an.

Der Techniker spielte die Auslaufmelodie »Song of Azure« von John Havering ab, blieb währenddessen neben der Musikanlage stehen und ließ den Blick über die Trave schweifen. Als das Lied verklungen war, verschloss er den Schrank und verließ das Deck. Im Gehen traf sein Blick den von Nina. Er verharrte einen Moment lang, dann wandte er sich eilig ab und verschwand im Inneren des Schiffes. Nina begab sich irritiert an die Poolbar. Felix Manthei lächelte ihr entgegen. Sie bestellte sich einen Cuba Libre.

»Der Drink geht auf mich«, sagte Felix Manthei dem Barkeeper.

Nina bedankte sich und setzte sich neben ihn. Gemeinsam blickten sie eine Weile schweigend über den hellgelben Strand von Travemünde, auf dem Menschen neben ihren Strandkörben standen und dem Schiff zum Abschied zuwinkten. Die »Azzuro« tutete dreimal. Nina hielt sich erschrocken die Ohren zu.

Manthei fragte lachend: »Zum ersten Mal auf einem Schiff?«

»Auf einem solchen wie diesem: ja«, antwortete Nina. »Sonst nur auf kleinen Fischerbooten oder Dampfern. Und Sie?«

»Ich bin seit über zehn Jahren mit diesem Schiff unterwegs«, antwortete Manthei. »Immer mehrere Reisen am Stück, also mehrere Monate lang an Bord. Keine Ahnung, wie viele Reisen das bis jetzt waren. Viele. Ich bin hier der Galerist an Bord.«

Er reichte ihr die Hand.

»Felix.«

Nina nannte ihren Vornamen. Felix Manthei redete weiter über die Gepflogenheiten an Bord eines Kreuzfahrtschiffes, so als hätte Nina ihn danach gefragt.

Das war etwas, das Nina während der kommenden fünf Tage an Bord noch öfter erleben sollte: Gäste, die die Gelegenheit nutzten, einem Kreuzfahrtneuling stolz zu berichten, dass sie schon viele Schiffsreisen unternommen hatten. Einige wussten sogar die genaue Anzahl ihrer Schiffstage zu benennen. Gern erklärten sie dann ungefragt, wie es auf einer Kreuzfahrt zuging, weil sie sich für erfahrene Kreuzfahrer hielten. Dem folgte dann meist ein Vortrag über die Vorzüge klassischer Kreuzfahrten – mit Dresscode, Welcome-Show und Captain's Dinner. Das alles mit nur wenigen hundert Passagieren an Bord, gegenüber den Reisen auf sogenannten Clubschiffen, auf denen Tausende Menschen unterwegs waren.

Felix Manthei meinte zu wissen, dass ihnen eine wunderschöne Reise bevorstand, denn er wäre diese Route schon häufiger gefahren. Dass die Destination Oslo besonders sehenswert sei, aber auch die reinen Seetage, die sie vor sich haben würden, ihren besonderen Reiz hätten. Das Schiff wäre eines, auf dem den Gästen immer etwas Außergewöhnliches geboten würde und man sich sehr wohlfühlen könne. Manthei schwärmte von der Küche an Bord, dem Service, den Shows, den Vorträgen hochgebildeter Lektoren und Experten sowie der Bar. Nina hörte geduldig zu, lächelte und zeigte sich beeindruckt. Ihr Job hatte begonnen. Es gab schlechtere, als hier auf diesem schönen Schiff mit diesem attraktiven Mann, der sich offenbar gern reden hörte, zu sitzen. Sie sollte ihrer Auftraggeberin dankbar dafür sein, dass sie sich in eine absurde Mordtheorie verrannt hatte. War sie absurd? Nina würde es herausfinden.

Ihre Gedanken schweiften ab, als sie die Finnlines-Fähre an

der »Azzuro« vorbei in Richtung Travemünde fahren sah. Kurz darauf war die Küste von Travemünde nicht mehr zu erkennen. Nur noch Wasser und Horizont. Und Nina auf diesem Schiff. Mit all diesen fremden Menschen. Und Felix Manthei.

20

Monica öffnete eine leere Schublade ihres Schreibtisches und kippte den Samtbeutel, den sie zu Hause mit Schmuck gefüllt hatte, darin aus. Eigentlich wurde in jedem Hotel, und ein Schiff wie die »Azzuro« war ein schwimmendes Hotel, angeraten, dass man seinen Schmuck im Safe verschloss, doch keines der Zimmermädchen eines Vier-Sterne-Kreuzfahrtschiffes würde es wagen, etwas aus einer Schublade eines Passagieres zu stehlen. Es könnte ja nur das Zimmermädchen gewesen sein, wenn einem Gast etwas fehlte, und das würde wohl umgehend zur Kündigung führen und auch dazu, auf keinem anderen Schiff der Welt mehr arbeiten zu dürfen. Wie viele Zimmermädchen auf den vielen Kreuzfahrtschiffen dieser Welt waren wohl bereits zu Unrecht beschuldigt worden, weil irgendwelche Gäste vergessen hatten, dass sie ein bestimmtes Schmuckstück gar nicht von zu Hause mit aufs Schiff genommen und dieses dann als gestohlen gemeldet hatten?

Monica legte eine Goldkette an, die Pierre ihr kurz nach ihrer Heirat spontan in Hamburg gekauft hatte, als sie noch Geld für solchen Luxus hatten. Das war, bevor sie nach Travemünde gezogen waren und all ihr Geld in Monicas Galerie im Strandbahnhof gesteckt hatten. Als Pierre sie noch so sehr liebte, dass Monica niemals auf die Idee gekommen wäre, er könne sich jemals für eine andere Frau interessieren. Dabei hätte Monica vorgewarnt sein müssen, denn Pierre hatte seine vorherige Frau für Monica verlassen, und es schien ihm nicht viel ausgemacht zu haben. Monica wollte nicht, dass ihr jemals so etwas passierte. Sie wollte keine Frau sein, die von einem Mann verlassen wurde. Schon gar nicht wegen einer anderen Frau. Höchstens durch den Tod.

Monica zog die hohen, klassischen schwarzen Pumps mit der roten Sohle an und betrachtete sich im Spiegel. Sie war fertig fürs Abendessen im Restaurant! Sie klopfte an die Verbindungstür und rief Ninas Namen, bevor sie eintrat. Nina war noch nicht zurück. Es waren nicht mal mehr fünfzehn Minuten bis zum Dinner. Wenn sie im Restaurant einen vernünftigen Tisch bekommen wollten, an dem sie die gesamte Reise über gern saßen, sollten sie pünktlich sein. Monica überlegte, ob sie Nina eine Nachricht hinterlassen und schon vorgehen sollte. Doch sie befürchtete, Nina könnte dann ins Restaurant nachgeeilt kommen, ohne sich frisch gemacht und umgezogen zu haben. Sie durfte durch dieses Mädchen bei dem, was sie vorhatte, auf keinen Fall auffallen.

Monica fühlte plötzlich Erschöpfung. Sie waren mit der »Azzuro« bereits auf See und hatten nur noch vier Tage Zeit. Monica musste jetzt beginnen, ihren Plan in die Tat umzusetzen. Oder es unterlassen. Sie würde mit dem leben müssen, wenn sie tat, was sie plante. Würde sie das können? War eine Rache, die man aus Liebe verübte, gerechtfertigt? Auf jeden Fall würde Monica Genugtuung empfinden. Genugtuung – ein interessantes Wort, dachte Monica. Sie wollte Genugtuung – im wahrsten Sinne des Wortes.

Nina kam in die Kabine gestürzt, schmiss noch im Gehen Schuhe und Sachen von sich.

»Entschuldigung! Entschuldigung! Ich weiß, ich bin spät dran, aber es hat sich gelohnt. Ich habe an der Poolbar Felix Manthei kennengelernt. Er hat gefragt, ob wir beim Abendessen mit an seinem Tisch sitzen wollen …«

Monica erhob sich und stellte sich in die Verbindungstür zu Ninas Kabine.

»Wie hast du das denn so schnell hinbekommen?«

Nina zerrte eine ziemlich zerknitterte Bluse aus ihrem Koffer und hielt sie in die Luft.

»Mit zwei Cuba Libre habe ich das hinbekommen. Was meinst du, geht diese Bluse?«

Monica winkte Nina lächelnd zu sich in die Kabine und öffnete ihren Kleiderschrank, in dem bereits alle Sachen akkurat hingen.

»Suche dir für heute Abend hiervon etwas aus. Ich zeige dir später, wo das Bügelzimmer ist.«

Nina zögerte.

Monica nahm eine königsblaue, leicht transparente Bluse mit

einem Stehkragen hervor. »Was hältst du von dieser? Ich habe auch eine passende Kette dazu.«

Nina bestaunte das edle Teil.

»Die Ohrringe dazu habe ich auch dabei«, sagte Monica.

»Aber hast du dann während der Reise noch genug anzuziehen?«, fragte Nina.

»Ich habe genug, mach dir keine Gedanken! Und ich bin offiziell ein Pflegefall, ich darf mich sowieso nicht so oft amüsieren gehen wie du. Und jetzt beeil dich! Das Abendessen hat schon fast begonnen.«

Nina rannte mit der Bluse zurück in ihre Kabine, um sich umzuziehen. Monica trat solange auf ihren Balkon hinaus.

Die Sonne war längst untergegangen. Am Horizont hatte sich ein dunkler Streifen gebildet. Das Schiff hatte ziemlich Fahrt durch das blauschwarz wirkende Wasser aufgenommen. Hielten sie auf einen Sturm zu?

Nina erschien in der Tür.

»Und?«, fragte sie.

Ihre langen blonden Locken fielen über den dunkelblauen Chiffon der Bluse. Ihr Gesicht hatte sie dezent geschminkt. Die schwarzen Lackschuhe passten ausgezeichnet zur Hose. Monica hatte das Gefühl, vor ihr stehe eine andere Frau. Sie trat lächelnd zurück in die Kabine, öffnete die Schmuckschublade und holte Ohrringe hervor, die sie Nina ansteckte. Die mit Edelsteinen besetzten Anhänger reichten fast bis auf ihre Schultern und schimmerten bei jeder Bewegung. Danach legte Monica Nina eine passende Kette um den Hals.

21

»Restaurant Azzuro« stand in goldfarbenen Lettern über der Tür, vor der fein gemachte Gäste darauf warteten, eingelassen zu werden. Der Maître de Salle stand an einem Stehpult und suchte in einer Tischübersicht nach noch freien, den Wünschen der am heutigen Tage angereisten Herrschaften entsprechenden Plätzen.

»Es tut mir leid, aber alle Zweiertische am Fenster sind bereits besetzt. Ich könnte Ihnen zwei wunderschöne Plätze im Mittelbereich unseres Restaurants anbieten. An einem Sechsertisch«, sagte er einem Paar.

»Nein, das wollen wir nicht!«, entgegnete die Frau. »Wir wollen einen Zweiertisch! Am Fenster!«

Den Restaurantchef blieb gelassen. Nach vielen Reisen, auf denen er neuen Gästen Tische zu vergeben hatte, wusste er wohl, dass es am ersten Abend immer zu den gleichen Problemen kam.

»Ich würde Sie bitten, heute Abend erst einmal an dem Tisch in der Mitte unseres Restaurants Platz zu nehmen. Ich werde dann bis morgen versuchen, einen Zweiertisch für Sie zu finden.«

Die Herrschaften folgten dem Restaurantchef etwas unwillig an den Sechsertisch, an dem bereits zwei Paare saßen und einen Aperitif tranken. Kellner eilten herbei, zogen die zwei noch freien Stühle zurück und schoben sie den Gästen unter die Hintern, breiteten die weißen Stoffservietten auf deren Schößen aus und überreichten Menü- und Weinkarten.

Der Maître de Salle begab sich zurück an sein Stehpult. Das gleiche Spiel mit den nächsten Herrschaften begann, die ebenfalls einen Zweiertisch am Fenster wollten.

Nina betrachtete die Gäste, die Fenstertische ergattert hatten. Kaum welche genossen den Blick nach draußen.

Ein einige Meter langes Salatbüfett säumte eine Wand des großen Restaurants, Käsebüfett und Dessertbüfett waren in der Mitte des Raumes aufgebaut. Kellner in weißen Hemden und schwarzen Anzügen räumten eilig Vorspeisen ab und brachten Hauptgerichte. Andere waren offensichtlich nur fürs Servieren der Getränke und das Offerieren von Weinen zuständig. Geschmackvolle Blumenbouquets auf allen Tischen, Kerzen, Silber. Die Stühle mit königsblauem Samt bezogen. Auch die Teppiche in Königsblau. Die Wände mit azurblauer Seide bespannt. Schwere Vorhänge in goldfarbenem Brokat an den Fenstern. Plötzlich bemerkte Nina Felix Manthei, der ihr vom Salatbüfett aus zuwinkte und zu dem großen Tisch zeigte, an dem er mit seiner Frau und anderen Leuten saß.

»Da ist er«, flüsterte Nina Monica zu. »Wollen wir uns wirklich zu ihm setzen?«

»Unbedingt!«, erwiderte Monica. »Aber wir sollten den Maître noch fragen, ob es ihm recht ist.«

Bevor Monica und Nina dazu kamen, war Felix Manthei herbeigeeilt. Er umfasste die Schulter des Restaurantchefs. »Das sind die beiden wunderschönen Frauen, von denen ich dir erzählt habe. Die möchte ich unbedingt an meinem Tisch haben«, sagte er.

Der Maître lächelte Monica und Nina zu: »Herzlich willkommen im Restaurant Azzuro!«

Nina und Monica folgten Felix Manthei quer durchs Restaurant an einen Tisch mit acht Plätzen, an dem noch drei Gedecke unbenutzt waren. Kellner eilten herbei, begrüßten Monica und Nina und rückten ihre Stühle zurecht.

»Ich hoffe, es ist Ihnen recht, an einem sogenannten Künstlertisch zu sitzen«, sagte Felix Manthei zu Monica. »Darf ich vorstellen: meine Frau, Saskia. Victor, Bordpianist. Und unser Tanzpaar auf dieser Reise, Verena und Sascha.«

Nina und Monica nickten allen zu. »Nina und Monica«, sagte Monica.

Sie nahmen kleine Brötchen, die ihnen aus silbernen Körben gereicht wurden, bestrichen sie mit Butter, die in kleinen silbernen Schalen in kühlem Wasser schwamm, und versuchten, sich auf die Angebote in der Menükarte zu konzentrieren, um eine Auswahl zu treffen. Ein Kellner kam an den Tisch und fragte, ob sie sich schon für einen Wein entschieden hätten. Monica fragte Nina: »Rot oder Weiß?«, und ließ sich dann vom Kellner einen Weißwein empfehlen, der wenige Augenblicke danach serviert wurde. Monica kostete ihn und schien angetan zu sein. Nina entschied sich wie Monica auch für vier Gänge aus der Menükarte. Als Hauptgericht bestellten sie einen Fisch, dessen Namen sie noch nie gehört hatten. Ein Kellner wechselte ein Besteck gegen Fischbesteck aus. Monica erhob das volle Glas und prostete der Runde zu.

»Danke, dass wir bei Ihnen sitzen dürfen!«

Danach stieß sie lächelnd ihr Glas gegen Ninas. »Danke, dass du mich begleitest und ich deshalb diese Reise machen kann.«

Alle in der Runde schauten etwas betroffen.

»Wir möchten Ihnen danken«, sagte Felix Manthei und fuhr flüsternd fort. »Es ist nämlich so, dass wir aufgefordert sind, keine reinen Künstlertische im Restaurant zu bilden. Künstler sind den meisten zahlenden Gästen zu lustig und zu laut. Wenn wir mit Gästen wie Ihnen lustig sind, dann wird es niemanden stören.«

Das wird sich noch herausstellen, ob es lustig wird, dachte Nina und blickte sich um. Die meisten Paare, die Zweiertische ergattert hatten, redeten immer noch kaum ein Wort miteinander. An den großen Tischen, an denen sechs oder acht Personen saßen, unterhielt man sich dagegen recht angeregt.

Die Vorspeisen wurden serviert und auf silbernen Untertellern abgestellt. Unwillkürlich schaute jeder auf die Teller der anderen. Alle Vorspeisen waren wie kleine Kunstwerke auf weißem Untergrund angerichtet. Fleisch- oder Fischstücke auf einem wie von Hand geschnitzten Gemüse oder Salat, umrandet mit Spritzern von farbiger Soße und Kräutern. Der Bordpianist hatte sich eine doppelte Portion bestellt.

»Guten Appetit, Mister doppelte Portion«, scherzte Felix Manthei.

Nina trank einen Schluck aus ihrem Glas, bevor sie das erste Besteck nahm, das neben ihrem Teller lag. Eine Frau in Uniform, die kaum älter als Nina war, trat an den Tisch und fragte: »Darf ich?«

»Selbstverständlich, liebe Marion!«, beeilte sich Felix zu antworten.

Die Frau reichte Nina und Monica die Hand. »Marion Randow. Ich bin hier an Bord die Entertainmentmanagerin, also zuständig für die Unterhaltungsprogramme und für die Künstler dieser Reise. Wenn es also Beschwerden gibt, dann kommen Sie damit gern zu mir.«

Nina fiel auf, dass die Künstler am Tisch etwas verkrampft lachten. Und weshalb wirkte Monica wie erstarrt, als die Entertainmentmanagerin sich neben sie setzte?

»Aber Marion, du weißt doch, du hast die besten Künstler der Welt auf deinem Schiff. Über uns beschwert man sich niemals«, sagte Felix Manthei augenzwinkernd.

»Ach, Felix, wenn du wüsstest, was ich alles schon mit Künstlern erlebt habe. Es sind leider nicht alle so schiffskompatibel wie du. Und deine Frau natürlich auch«, erwiderte die Entertainmentmanagerin und blickte dabei abschätzig zum Bordpianisten. Der schaute beschämt auf seinen Teller mit der doppelten Portion. Ein Kellner trat heran und fragte, was er der Entertainmentmanagerin bringen dürfe. Sie bestellte nur einen Hauptgang und ein Dessert, um beim Essen im Rhythmus der anderen zu bleiben.

»Zu trinken wie immer?«, fragte der Kellner. Sie nickte. Kurz darauf wurde ihr eine Weißweinschorle serviert. Sie erhob das Glas: »Auf eine schöne Reise!«

Alle prosteten sich zu und tranken.

»Welche neuen Künstler sind denn heute dazugestiegen? Sind tolle dabei?«, fragte Saskia Manthei.

Die Entertainmentmanagerin zuckte mit den Schultern.

»Die meisten kennt ihr wohl schon, die sind häufig bei uns an Bord. Die Sänger der Abendshow sind ja noch von der letzten Reise dabei. Ein Bauchredner und ein Jazz-Trio sind neu gekommen. Ein paar Tageskünstler auch. Wir haben ja auf dieser Reise zwei volle Seetage. An denen müssen wir unseren Gästen etwas bieten. Yoga, Stilberatung und Gewürzworkshop. Euren Malkurs werden wir ebenfalls jeden Tag, den wir auf See sind, anbieten. Hoffentlich nehmen dieses Mal ein paar Gäste mehr daran teil.«

Die Mantheis vertieften sich in ihr Essen.

»Stilberatung?«, fragte Nina. »Es sind doch alle sehr chic auf diesem Schiff.«

»Ja, und trotzdem wird dieses Angebot immer wieder gern angenommen«, antwortete die Entertainmentmanagerin, und Nina bemerkte, dass sie unauffällig die Kleidung und den Schmuck, den Monica und sie trugen, abschätzte.

»Wir hatten sogar schon öfter Knigge-Workshops an Bord«, erzählte Marion Randow weiter. »Wie man sich bei Tisch verhält, welches Besteck zuerst und so weiter. Waren immer gut besucht. Alles, was gut läuft, buchen wir wieder.«

Sie wandte sich an Felix Manthei. »Bei so viel Tagesangebot müsst ihr leider mit deinem Malkurs ins Kinderspielzimmer umziehen. Ich brauche deine Galerie für andere Künstler. Das ist doch okay für dich, oder? Und du hast dieses Mal für deinen Kurs alles, was du brauchst?«

Felix Manthei gelang es nicht, seine Verärgerung zu unterdrücken. »Wir haben heute in Travemünde Pinsel und Papiere eingekauft. Aber dieses Spielzimmer ist absolut ungünstig für unsere Arbeit. Da müssen die Gäste immer an diesen niedrigen Tischen und auf diesen Kinderstühlen sitzen.«

»Was soll ich machen? Auf einem Schiff hat man ein Raumproblem, das weißt du«, erwiderte die Entertainmentmanagerin sehr ernst. »Du musst morgen übrigens auch deine Ausstellung selbst eröffnen. Pierre ist ja leider nicht mehr dabei. Ihr habt sicher gehört, was geschehen ist …«

Das Tanzpaar und der Bordpianist blickten betroffen zu ihrer Vorgesetzten, als sie ein Taschentuch aus ihrer Uniformjacke nahm und sich damit kurz unter den Augen abtupfte. Nina blickte zu Monica, die das Besteck auf dem Teller ablegte, obwohl sie ihre Vorspeise noch nicht aufgegessen hatte, und bleich im Gesicht geworden war. Saskia Manthei stocherte in ihrem Essen herum. Auch Felix Manthei vermied es, von seinem Teller aufzusehen. Das war ein guter Zeitpunkt, um mit einer cleveren Frage mit den Nachforschungen zu beginnen. Doch die Tänzerin kam Nina zuvor.

»Es ist so schrecklich, was Pierre passiert ist. Ich träume fast jede Nacht davon. Wie er bei lebendigem Leibe verbrennt.«

Ihr Partner legte seine Hand auf die ihre. »Das muss man sich mal vorstellen. Der arme Pierre hat noch eine Weile gelebt.

Und Hoffnung gehabt, dass er gerettet wird, wenn die Flammen mit Wasser gelöscht werden. Aber dieses Teufelszeug lässt sich nicht mit Wasser löschen, nur mit Sand. Er muss so furchtbare Schmerzen gehabt haben, bis er …«

»Ich finde, wir sollten jetzt das Thema wechseln und unseren Gästen am Tisch nicht das Abendessen verderben«, meinte die Entertainmentmanagerin streng zum Tänzer.

Die meisten waren erleichtert, als im nächsten Moment acht Kellner gleichzeitig die Hauptgänge servierten. Die silbernen Hauben wurden von den Tellern gehoben. »Guten Appetit!«, wünschten die Kellner.

»Danke«, antworteten alle am Künstlertisch Sitzenden gleichzeitig.

Die Entertainmentmanagerin wandte sich Nina und Monica zu. »Sie sollten unbedingt am Malkurs teilnehmen! Es ist beeindruckend, welche Ergebnisse dort immer erzielt werden. Unser Felix macht das ganz prima! Viele Gäste wussten, bis sie bei ihm waren, gar nicht, dass sie so gut malen können. Am Ende der Reise werden die Bilder, die im Kurs entstanden sind, dann ausgestellt. Es gibt eine richtige Finissage. Selbstverständlich dürfen Sie Ihre Werke danach mit nach Hause nehmen.«

Nina blickte zu Monica, die mit den vorderen Zähnen ihr Fischfilet auf Safranreis an einem Hauch Trüffel kaute.

»Für mich ist das nichts«, sagte Monica, ohne von ihrem Teller aufzusehen. »Ich kann nicht lange sitzen oder stehen. Ich halte es auch jetzt kaum noch aus vor Schmerzen.«

Die Tänzerin schlug beflissen vor: »Es gibt an Bord noch ein Büfett-Restaurant. Die Kellner bringen Ihnen auch dort gern die Sachen an den Tisch. Auf jeden Fall dauert das Essen dort nicht so lange wie hier.«

»Danke«, erwiderte Monica und wirkte, als würde sie gleich zusammenbrechen, wenn sie hier noch länger sitzen müsste.

»Vielleicht ist der Malkurs ja etwas für dich?«, fragte Felix Nina.

Saskia Manthei blickte überrascht auf, nachdem ihr Mann Nina geduzt hatte.

»Wir haben uns vorhin schon an der Bar kennengelernt«, sagte er stolz in die Runde.

Nina lächelte Saskia Manthei zu.

»Ich weiß nicht, ob ich Zeit zum Malen haben werde. Ich bin als Pflegerin mit an Bord.«

»Meinetwegen kannst du sehr gern an dem Kurs teilnehmen«, meinte Monica. »Diese ein oder zwei Stunden werde ich auch allein zurechtkommen.« Sie erhob sich. »Und jetzt entschuldigen Sie mich bitte. Ich fühle mich nicht wohl. Ich möchte mich lieber zurückziehen.«

Alle am Tisch blickten betroffen auf Monicas noch vollen Teller und das nur halb geleerte Weinglas.

Nina beeilte sich aufzustehen.

»Nein, bitte bleib!«, forderte Monica. »Iss in Ruhe auf und geh danach gern noch in die Bar. Ich schaffe das schon. Wir sehen uns dann morgen früh.«

Nina setzte sich wieder.

Monica zog ein Bein leicht nach, als sie aus dem Restaurant schritt. Sie spielt ihre Rolle gut, dachte Nina.

22

Nina nahm an der Poolbar auf einem Hocker zwischen Saskia und Felix Manthei Platz. Der Barkeeper begab sich unaufgefordert an die Kaffeemaschine und servierte kurz darauf zwei Espressi. »Und was darf ich Ihnen Gutes tun?«, fragte er Nina.

Nina fühlte sich wie benommen vom vielen Essen, vom Wein und von den Pralinen, die es nach dem Dessert zur Kaffeespezialität gegeben hatte, und bestellte ebenfalls einen Espresso, obwohl sie jetzt lieber einen Schnaps getrunken hätte.

Es war inzwischen nach einundzwanzig Uhr dreißig und draußen immer noch recht mild. Im vom Fahrtwind geschützten Bereich saß ein altes Ehepaar in Decken eingehüllt in Liegestühlen. Beide hatten mit exotischen Früchten verzierte Cocktails auf kleinen Tischen neben sich stehen und genossen den Abend. Die MS »Azzuro« hatte ziemlich Fahrt aufgenommen. Der Pool war mit einem großen Netz abgedeckt. Wasser spritzte bei jeder höheren Welle über den azurblau gefliesten Rand.

Nina spürte leichte Übelkeit. Wurde sie etwa seekrank? Auf dem kleinen Fischerboot ihres Vaters war sie es niemals geworden und hatte deshalb bisher nicht einmal darüber nachgedacht, ob sie es auf einem Kreuzfahrtschiff werden würde. Eine junge Frau kam an die Bar und rauchte hektisch eine halbe Zigarette im Stehen, bevor sie wieder im Inneren des Schiffes verschwand. Saskia Manthei bestellte zwei Brandy und fragte Nina, ob sie auch einen wolle. Nina sagte erleichtert zu.

»Wir können gern Du sagen, wenn Sie sich mit meinem Mann bereits duzen«, meinte Saskia Manthei.

»Gern«, antwortete Nina.

»Hier duzen sich alle, die nicht nur zum Vergnügen auf dem Schiff sind. Und als Pflegerin gehörst du ja dazu«, sagte Saskia. »Die junge Frau, die hier eben an der Bar stand, ist auch die Begleiterin einer kranken Dame. Doch die will, dass ihre Pflegerin die ganze Zeit bei ihr ist. Sogar wenn sie mittags schläft, darf das arme Mädchen nicht raus, mal einen Kaffee trinken oder in

Ruhe eine Zigarette rauchen. Sie könnte sich ja auf Kosten ihrer Arbeitgeberin amüsieren. Sie kann einem wirklich leidtun. Du scheinst da mehr Glück zu haben.«

»Das glaube ich auch«, sagte Nina und trank einen großen Schluck Brandy.

Der Alkohol schoss ihr sofort in die Glieder. Wie könnte sie jetzt das Gespräch mit diesem sympathischen Ehepaar auf den toten Pierre Valet bringen? Mit diesem netten Felix Manthei, der ein Mörder sein sollte? Nina konnte sich nicht mal vorstellen, dass er ein Betrüger war. War er aber! Also hatte er ein starkes Motiv, dafür zu sorgen, dass seine Machenschaften nicht aufflogen. Einerseits das Geld. Andererseits arbeitete er auch seit vielen Jahren regelmäßig an einem der wohl schönsten Plätze dieser Welt – auf einem Kreuzfahrtschiff. Gemeinsam mit seiner Frau aß er hier täglich kostenlos Speisen, die andere sich vielleicht einmal im Jahr leisteten oder nur auf großen Feierlichkeiten serviert bekamen. Die Mantheis erhielten an Bord gute Kabinen spendiert, für die andere Passagiere viel Geld bezahlen mussten. Sie reisten um die ganze Welt und besuchten Orte, von denen die meisten Menschen ein Leben lang träumten. Wenn das Ehepaar es klug anstellte, konnte es bis ins hohe Alter auf der »Azzuro« engagiert werden. Wenn Felix Manthei es klug anstellte, sorgte er dafür, dass ihm das niemand verdarb.

»Was ist heute Abend eigentlich in der Azzuro Lounge los?«, fragte Saskia. »Wollen wir noch gemeinsam in die Show gehen?«

Felix winkte ab. »Am Anreisetag spielt doch immer nur die Bordband zum Tanz, weil die meisten Gäste erst mal ihre Koffer auspacken und danach todmüde in ihre Betten fallen. Wir können hier sitzen bleiben und später noch in die Bar gehen und dort einen Absacker trinken.«

»Ich muss auch noch auspacken«, wandte Nina ein.

»Morgen ist Seetag, da hast du eine Menge Zeit«, entgegnete Felix. »Hauptsache, ihr seid morgen Abend zur Welcome-Show fit, da gibt es Sekt gratis. Und vorher kommst du in meinen Malkurs.«

»Unseren Malkurs«, betonte Saskia.

Nina rutschte vom Barhocker.

»Ich sollte unbedingt mal nach Monica sehen, ihr beim Auspacken helfen und beim Zubettgehen.«

»Du findest uns in der Azzuro-Bar. Weißt du, wo die ist?«

»Ich weiß noch so gut wie gar nicht, wo hier was auf diesem Schiff ist«, sagte Nina. »Ich werde morgen erst mal alles erkunden. Danke für den schönen Abend!«

Eine große Welle klatschte gegen den Bug. Wasser spritzte meterhoch aus dem Pool in die Luft. Ein paar Flaschen und Gläser, die an der Bar aufgereiht waren, kippten um. Nina stürzte zur Seite. Felix Manthei fing sie auf.

»Wir werden heute Nacht vielleicht noch etwas stärkeren Seegang bekommen. Pass auf, dass du nicht aus dem Bett fällst«, sagte er amüsiert und hielt sie länger fest, als es nötig gewesen wäre.

Nina machte sich von ihm los. Dass er so gut roch, verunsicherte sie. Sie tastete sich von Barhocker zu Barhocker in Richtung Tür, die ins Innere des Schiffes führte, und hob noch einmal die Hand als Zeichen des Abschieds. Der Barkeeper rief ihr nach: »Einen schönen Abend noch!«

Der Lift quietschte durch die Schiffsbewegungen beängstigend, und Nina beschloss, lieber die Treppen zu nehmen. Eine Hand fest am Geländer, tastete sie sich von Stufe zu Stufe, so wie es den Gästen bei der Sicherheitsübung empfohlen worden war. Auf den Treppenabsätzen lagen Tüten aus, in die man sich übergeben konnte. An der Rezeption standen Gäste in schiffseigenen Bademänteln über ihren Pyjamas oder Nachthemden, die sich Tabletten gegen Seekrankheit aushändigen ließen. Frau Meier verlangte erneut lautstark, dass der Kapitän dafür sorge, dass das Schiff aufhöre zu schaukeln. Die Rezeptionistin, die Abenddienst hatte, versprach geduldig, dass man auf der Brücke bereits Versuche unternehme, den Wellen auszuweichen.

Eine große, mit Ingwerstäbchen gefüllte Schale stand neben dem Empfangstresen. Nina steckte sich eines davon in den Mund. In einem abgedunkelten Raum waren Stuhlreihen aufgestellt. Ein paar Männer saßen dort, um ein Spiel der Fußball-WM anzuschauen. Der Techniker regelte Bild und Ton auf der großen Videoleinwand. Jetzt fiel es Nina ein. Sie hatte den Mann schon mal in Travemünde von einem Schiff kommen sehen und sich eingebildet, dass er ihr Vater sein könnte. Damals hatte sie sich gefragt, ob sie langsam verrückt würde.

Als Nina den Flur in Richtung ihrer Kabine entlangwankte, kam es ihr vor, als müsse sie bergauf gehen. Ihre Füße schmerzten, sie konnte es kaum erwarten, die hohen Schuhe abzustreifen. Kalter Schweiß trat auf ihre Stirn. Sie öffnete die Kabine, schmiss die Schuhe von sich und klatschte sich im Badezimmer kühles Wasser ins Gesicht. Im Spiegel sah sie, dass ihre Schminke verschmiert war und ihre Haut beinahe grünlich wirkte.

Sie hätte jetzt gern mit Jan gesprochen. Sich über diesen Auftrag beklagt und ihre Furcht, dass sie die Reise nicht ertrug, wenn der Seegang die gesamte Zeit über anhielt. Doch Jan hatte ihr von diesem Job abgeraten, sie war selbst schuld, dass sie jetzt hier war. Außerdem hatte ihr Mobiltelefon auf offener See kein Netz. Über das Kabinentelefon kostete ein Anruf pro Minute fast drei Euro, weil die Verbindung über Satellit hergestellt wurde. Ob Monica auch diese Kosten übernehmen würde? Schlief sie schon?

Nina lauschte an der Verbindungstür zu Monicas Kabine und vernahm kein Geräusch. Leise öffnete sie die Tür einen Spalt und lugte hinein. Monica war nicht da.

23

Es ist ein gutes Gefühl, Travemünde schon so weit hinter sich gelassen zu haben. Hier an Bord, wo man Pierre seit Jahren kannte, scheint ihn niemand zu vermissen. Dabei war er wie die meisten Künstler überzeugt gewesen, er wäre nicht zu ersetzen. Lächerlich, denn ob er Ausstellungen eröffnete und Vorträge hielt oder dies nicht tat – es war gleichgültig.

Es ist kein gutes Gefühl, am Ende der Reise noch einmal nach Travemünde zurückzukehren. Doch bis dann wird sich die Urne mit Pierres Asche bereits in den Tiefen der Ostsee aufgelöst haben.

24

Der Bandleader des Bordorchesters eilte als Letzter zum Künstlermeeting. Vier Minuten zu spät. Typisch, dachte Marion Randow, auch dass er wieder diese schlabbrigen Jeans trug, wofür sie ihn eigentlich ebenfalls rügen müsste. Doch dafür fehlte ihr an diesem Morgen die Kraft. Also reichte sie auch dem Bandleader das Glas Sekt, das jeder Künstler beim ersten Meeting zur Begrüßung spendiert bekam.

Seit Pierre sie verlassen hatte, war jeder Tag an Bord ein Kraftakt für Marion. Alles hier erinnerte an ihn und ihre gemeinsamen Zeiten. Ob sie wie jetzt ein Künstlermeeting in der Azzuro-Lounge durchführte, die Vernissage in der Galerie betreute oder nachts in ihre Kabine trat, in deren Bett sie so viele Nächte mit Pierre verbracht hatte, immer wieder musste sie an ihren Geliebten denken. Er würde nie wieder zurückkommen.

Einen Tag lang mit der »Azzuro« in Travemünde zu ankern war für Marion eine große Qual gewesen. Sie war vor der Weiterfahrt nicht an Land gegangen, obwohl sie sich in der Vorderreihe mit den vielen kleinen Geschäften ein paar Dinge hätte besorgen müssen. Sie würde nie wieder in Travemünde an Land gehen, hatte Marion beschlossen. Travemünde war der Ort Pierres und seiner Frau. Und der Ort seines Todes. Nur die MS »Azzuro« war Marions und Pierres Ort gewesen, und jetzt lag seine Asche irgendwo auf dem Meeresgrund. Vor Travemünde.

Marion durfte sich bei den ständigen Gedanken daran nicht gehen lassen. Niemand durfte ihr anmerken, wie sehr ihr die Sache zu schaffen machte. Auf einem Kreuzfahrtschiff mussten alle Angestellten tadellos funktionieren. Jeden Tag der Woche von morgens bis abends. Gleichgültig, ob sie Kellner, Köche, Zimmermädchen oder Entertainmentmanager waren. Gleichgültig, welchen Kummer oder welche Geheimnisse sie hatten. Wie viele Künstlermeetings hatte Marion bereits auf der »Azzuro« durchgeführt? Viele, denn sie fuhr seit Jahren regelmäßig über Monate auf diesem Schiff. So viele, dass sie darauf achten musste, dass niemand bemerkte, dass sie es kaum noch interessierte, welche Künstler gerade im Meeting vor ihr saßen.

Marion hielt ihre übliche Begrüßungsrede. Danach erhob sie das Glas, um mit allen auf eine schöne und erfolgreiche Reise anzustoßen. Sie fragte, wer zum ersten Mal an Bord wäre, und erklärte schließlich allen Künstlern die Verhaltensregeln. Manche hielten sich ja auch nach der x-ten Reise nicht daran, so wie zum Beispiel dieser Bandleader der Tanzkapelle.

Marion könnte ihm eine schlechte Beurteilung schreiben und nach Ende seines Engagements an die Reederei schicken. Doch da es sehr schwierig war, Tanzorchester zu finden, die bereit waren, monatelang auf Kreuzfahrtschiffen zu spielen, würde dem Typen kaum passieren, dass er mit seiner Band nicht wieder gebucht wurde.

Bordbands bestanden meist aus acht Musikern. Sie mussten nicht nur dazu bereit sein, sich lange Zeit von ihren Familien zu trennen und auf Auftritte an Land zu verzichten, sondern auch an Bord zu zweit in Kabinen im Unterdeck untergebracht zu werden. Jedenfalls war es auf der MS »Azzuro« so. Die meist gut ausgebildeten Jazzmusiker wurden täglich mehrere Stunden eingesetzt, um zu spielen, was auf einem Kreuzfahrtschiff gefragt war: Walzer, Schlager wie »Rote Lippen soll man küssen« bis hin zu Stimmungsmusik auf Poolpartys und beim Bayerischen Frühschoppen. Und den Tusch bei der Seekartenverlosung. Sie sollten auf ihren Instrumenten aber auch Discohits beherrschen, gern aus den achtziger Jahren. Außerdem wurde von ihnen verlangt, dass sie jeden Showkünstler musikalisch begleiten konnten. Wenn ihnen also ein Sänger von Frank-Sinatra-Songs oder Interpretinnen Marlene Dietrichs oder Edith Piafs die Noten ihrer jeweiligen Arrangements übergaben, dann mussten die Musiker der Bordband diese in kürzester Zeit einstudieren und spielen können.

Wie viele Kreuzfahrtschiffe gab es auf der Welt? Sehr viele, denn die Branche boomte. Auf jedem Schiff spielte jeden Tag eine Bordband. Keine Reise ohne Tanzkapelle. Es grenzte an ein Wunder, dass es überhaupt so viele gab, die sich dafür fanden.

Marion sollte sich also lieber nicht bei der Reederei über die Manieren des Bandleaders beklagen.

Sie selbst konnte froh sein, dass sie noch auf dem Schiff arbeiten durfte. Ihre heimliche Affäre mit Pierre Valet hatte lange angedauert. Am Schluss waren sie immer unvorsichtiger geworden. Vielleicht war es jemandem aufgefallen, dass sie an Bord ein Paar waren. Es war ein absolutes Tabu und ein sofortiger Kündigungsgrund, wenn Crew-Mitglieder sich mit zahlenden Gästen einließen. Dass Crew-Mitglieder mit verheirateten Künstlern an Bord eine Beziehung eingingen, wurde ebenfalls nicht gern gesehen und konnte dazu führen, dass man nicht wieder engagiert wurde. Unvergessen, als der Hoteldirektor der MS »Deutschland« etwas mit der damaligen Bestsellerautorin Hera Lind anfing. Oder sie, die verheiratete Frau und Mutter mehrerer Kinder, mit ihm. Sicherlich war das Paar eine Weile auf Kreuzfahrtschiffen »verbrannt«, weil es seine Liebe öffentlich machte.

Doch auch, wenn man sich heimlich liebte, konnte man dies auf einem Schiff wie der MS »Azzuro« nur schwer geheim halten. Ein kleines Kreuzfahrtschiff war wie ein Dorf mit ein paar hundert Einwohnern. Die Heimlichkeit hatte auf Marion und Pierre lange einen besonderen Reiz ausgeübt.

Marion hatte nicht vorgehabt, sich in den verheirateten Pierre zu verlieben. Doch dann war es ihr passiert. Obwohl sie vereinbart hatten, dass ihre Beziehung nicht mehr als eine Bettgeschichte sein sollte, wollte sie Pierre schließlich ganz für sich. Gefühle hielten sich nicht an Vereinbarungen. Marion wollte ihren Geliebten nicht mehr nur die seltenen heimlichen Male an Bord, sondern sie wollte ein Leben an Land mit ihm. Sie wollte, dass er sich von seiner Frau trennte. Dass er Marion liebte. Doch das wollte Pierre nicht. Er machte Schluss mit ihr. Sie flehte ihn an, bei ihr zu bleiben. Vergeblich. Sie drohte ihm schließlich, dafür zu sorgen, dass er auf keinem Schiff der Welt mehr engagiert werden würde. Vergeblich.

Sie verfolgte ihn heimlich in Travemünde, als sie vor zwei Wochen dort mit der »Azzuro« angelegt hatten. Sie wusste längst, wo er wohnte. Sie wusste auch, wohin er ging, wenn er allein sein wollte. Am Brodtener Ufer hatte sie Pierre beim Bernsteinsammeln beobachtet. Marion ertrug die Demütigung nicht, die er ihr angetan hatte, und sie demütigte sich selbst, als sie ihm nachschlich, bei jeder Mail und SMS, die sie ihm schickte, bei allem, was sie schließlich tat.

Der Gedanke an das Ende der Geschichte mit Pierre bereitete ihr üble Laune. Marion dachte seit Wochen an kaum etwas anderes. So wie jetzt auch, als sie die Künstler routiniert, fast mechanisch darüber belehrte, dass sie sich an Bord nicht in größeren Gruppen aufzuhalten hätten. Nicht beim Essen, nicht in der Bar, nicht am Pool. Künstler wären in der Regel laut und fröhlich. Manche der zahlenden Passagiere wären dies nicht und könnten neidisch werden. Marion ordnete außerdem an, dass das Restaurant während dieser Reise für die Künstler tabu wäre und sie nur im Bistro, in dem es jede Mahlzeit als Büfett gab, zu essen hätten. Dort herrsche auch nicht ein so strenger Dresscode. Weshalb zum Teufel fühlte sich der Bandleader nicht angesprochen? Und Felix Manthei wagte es tatsächlich, nachzufragen, ob es nötig sei, dass alle Künstler nur vom Büfett essen dürften. Das Schiff sei nicht ausgebucht und einige Tische im Restaurant doch noch frei.

»Anweisung von oben!«, entgegnete Marion barsch. Dieses Galeristenehepaar fiel ihr zunehmend auf die Nerven. Es hatte hier an Bord einen der besten Jobs, arbeitete nur ein bis zwei Stunden pro Tag und verdiente durch den Verkauf seiner Bilder mehr Geld als Marion innerhalb eines ganzen Jahres. Anstatt dankbar dafür zu sein, stellten die zwei ständig Ansprüche! Marion musste sie endlich mal richtig in die Schranken weisen. Ihnen das enge Kinderspielzimmer für den Malkurs aufzudrücken, war schon mal ein guter Anfang gewesen.

Auch Pierre hatte sich offenbar auf der letzten Reise über die Mantheis geärgert. Marion hatte keine Ahnung, weshalb, doch er vermied es plötzlich, mit den Galeristen gemeinsam zu Abend zu essen oder an der Bar etwas zu trinken. Marion hatte ihn danach gefragt, und er hatte geantwortet: »Das werde ich dir später erzählen.« Zu diesem »Später« kam es nicht mehr. Denn Pierre war tot. Verbrannt, schoss es Marion durch den Kopf. Verbrannt, verbrannt …

Nachts sah sie ihren Geliebten im Traum in Flammen aufgehen. Und sie sah sich, wie sie danebenstand und reglos zuschaute. In der vergangenen Nacht hatte Marion geträumt, dass Pierres Frau zu ihr in die Kabine trat und auf sie herunterschaute. Sie hatte kein Gesicht, denn Marion war Pierres Frau nie begegnet. Sie war schweißgebadet aufgewacht.

Jetzt stand sie hier und beantwortete die typischen Fragen der Künstler nach Proberäumen, gestimmten Klavieren und Terminen für Shows und Workshops. Das bereitete ihr noch schlechtere Laune.

Doch was sollte sie anderes tun, als hier an Bord zu arbeiten? Sie hatte an Land schon lange kein Leben mehr. Nach Monaten auf der »Azzuro« freute sie sich immer sehr auf ihren Urlaub. Doch wenn sie dann endlich ihre kleine Wohnung in Berlin-Buch betrat, spürte sie, wie allein sie dort war. Sie hatte kaum noch Kontakte in Berlin. Und wenn sie doch mal eine alte Freundin oder einen Bekannten traf, dann hatte sie nichts anderes als Schiffsgeschichten zu erzählen. Die wenigsten Menschen interessierten sich dafür. Und Marion interessierte sich kaum noch für den normalen Alltag der Menschen an Land in »normalen« Berufen. Und schon gar nicht für Geschichten über Ehepartner und Kinder. Sie war allein. Und hoffte meist nach wenigen Tagen in Berlin, dass die Reederei anrief, um sie eher als geplant wieder auf der MS »Azzuro« einzusetzen. Wenn dieser Fall eintrat, dann sagte sie sofort zu.

Die Cellistin des Klassik-Ensembles sprang plötzlich auf und rannte aus der Azzuro-Lounge.

»Seekrank«, entschuldigte sie einer ihrer Kollegen. »Was wird eigentlich aus unseren Auftritten, wenn wir seekrank sind?«

Tolle Frage, dachte Marion. »Wenn Sie seekrank sind, holen Sie sich Tabletten von der Rezeption. Wenn die nicht helfen, dann lassen Sie sich eine Spritze vom Schiffsarzt geben. Und schon können Sie auftreten.«

»Aber wenn das Schiff so schaukelt wie jetzt, dann kann ich nicht Geige spielen …«, wagte der Violinist zu sagen.

»Sie wussten, dass Sie auf ein Schiff gehen und dass Schiffe schaukeln und dass man seekrank werden könnte, oder?«, entgegnete Marion. »Sie können heute noch den ganzen Tag proben, bevor wir am Abend die Welcome-Show haben, bei der sich jeder von Ihnen mit einer kurzen Kostprobe seines Könnens vorstellen wird. Bei den Proben wird euch Manfred, unser Bord-Techniker, unterstützen. Er ist der Mann für Licht und Ton und seit vielen Jahren unsere gute Seele an Bord.« Obwohl es nicht der Wahrheit entsprach, fügte Marion lächelnd hinzu: »Aller Voraussicht nach werden wir heute Abend bei der Welcome-Show noch stärkeren Seegang haben.«

»Dann tanzen wir heute nur einen langsamen Walzer«, flüsterte der Tänzer seiner Partnerin zu. »Keine Hebefiguren, damit wir dabei nicht wieder auf den Rücken fallen …«

Marion erhob das Glas. »Ihr vermittelt in der Welcome-Show einen ersten Eindruck von euch. Überlegt euch also bitte etwas, das ihr gut könnt, denn unsere Gäste erwarten hochrangige Darbietungen. Dafür haben sie bezahlt. Und nun prost! Auf eine schöne Reise!«

25

Geschnittene, frische exotische Früchte, Körner und Flocken der verschiedensten Sorten, zehn in der Bordküche selbst gekochte Konfitüren, zwanzig verschiedene Brot- und Brötchensorten, Kuchen, Lachs, Schinken, Wurst, Käse und vieles andere mehr auf dem Frühstücksbüfett. Ein Koch bereitete auf Wunsch Eierspeisen, ein anderer Pfannkuchen. Säfte aus Maracujas, Orangen oder Tomaten, Wasser und Sekt standen auf dem Büfett bereit.

Nina trat mit zwei gefüllten Tellern an den Tisch auf dem Außendeck, an dem Monica bereits unter einem Sonnenschirm saß und auf nüchternen Magen ein Glas Sekt und schwarzen Kaffee trank.

»Möchtest du gar nichts essen?«, fragte Nina.

Monica blickte auf Ninas Teller, auf dem vor allem geräucherter und sauer eingelegter Fisch lagen. »Ich muss erst mal zu mir kommen.«

»Hast du schlecht geschlafen?«, fragte Nina nach.

»Ich habe geschlafen wie ein Stein. Mir macht Seegang nichts aus, ich schlafe von der Schaukelei wie ein Baby in der Wiege. Aber ich habe wieder von Pierre geträumt. Und diesem Galeristen, der gestern an unserem Tisch saß. Ich kann seine Gegenwart nicht ertragen. Deshalb habe ich auch so plötzlich das Abendessen verlassen und bin ins Bett gegangen.«

Nina nickte kauend. Sollte sie erwähnen, dass sie in der vergangenen Nacht nach Monica geschaut und sie nicht in ihrem Bett gesehen hatte? Wo war sie gewesen?

»Und du? Wie war deine erste Nacht an Bord? Bist du seekrank?«, erkundigte Monica sich.

»Seekrank oder verkatert. Oder beides«, antwortete Nina und lächelte mühsam.

Sie hatte schlecht geschlafen. Im Traum war sie immer wieder vor dem Techniker geflohen, den sie am Vortag gesehen hatte. Als sie schließlich aus dem Schlaf hochschreckte, fiel ihr ein, dass sie ihm auch während der Travemünder Woche im vergangenen Jahr begegnet war und damals den Eindruck hatte, er beobachte sie.

Monica zeigte auf den sauren Fisch auf Ninas Teller. »Das sieht mir eher nach verkatert aus. Vielleicht solltest du ein Glas Sekt trinken. Einfach auf den Restalkohol draufkippen. Das hilft sofort.«

So reden Trinker, dachte Nina und schaute Monica ins perfekt geschminkte Gesicht. War Monica eine Alkoholikerin?

»Bloß nicht!«, wehrte sie ab. »Dann bin ich für den Rest des Tages hinüber. Ich habe heute ja einiges zu tun. Den Malkurs besuchen und so weiter.«

Sie blickte über das dicht besetzte Außendeck.

»Meine gestrige Trinkerei mit den Mantheis war allerdings ziemlich erfolgreich«, flüsterte Nina. »Ich bin jetzt schon ziemlich vertraut mit denen. Wir sollten nach dem Frühstück unbedingt die Sachen durchgehen, die Pierre über Felix Manthei gesammelt hat.«

Monica nickte, als hätte sie wenig Lust dazu. »Vielleicht solltest du dich lieber erst noch mal hinlegen.«

Ein Kellner trat an den Tisch und fragte, ob er noch Kaffee nachschenken dürfe. Monica bat ihn, die Kanne dazulassen und einen Aschenbecher zu bringen. Sie zündete sich eine Zigarette an. Seit wann rauchte sie wieder?

Nina legte ihr Besteck ab und nahm ebenfalls Zigaretten hervor. Sie fand es ein schönes Ritual, morgens zum Kaffee zu rauchen. Und hier draußen war es sogar erlaubt. Sie lehnte sich zurück und blickte über das Meer. Nur azurblaues Wasser und Horizont. Ein berauschend schöner Anblick von Weite. Nina hielt das Gesicht in die Sonne und schloss die Augen.

»Ist hier noch frei?« Felix Manthei und seine Frau. Besser könnte es nicht laufen, dachte Nina. Auch die Entertainmentmanagerin trat an den Tisch. Monica rückte unbewusst ihren Stuhl ein Stück zu weit weg. Wollte sie gleich wieder unter dem Vorwand, dass es ihr nicht gut ging, aufspringen und die Runde verlassen? Doch Monica blieb. Die Mantheis begaben sich gemeinsam zum Büfett. Die Entertainmentmanagerin wandte sich an Monica und legte ihr die Hand auf den Unterarm. »Sie sehen sehr blass aus. Geht es Ihnen nicht gut?«

Monica zog ihren Arm abrupt weg.

»Mir ist schlecht«, erwiderte Monica und erhob sich. Dabei stieß sie gegen ihren Stuhl. Er kippte um. Ein Kellner war sofort zur Stelle, um ihr behilflich zu sein, den Stuhl wieder aufzustellen. Auch Nina kam Monica zu Hilfe. »Ich werde dich in die Kabine bringen.«

»Nein, ich schaffe das schon!«, erwiderte Monica schroff.

Nina setzte sich wieder hin.

Monica humpelte aus dem Restaurant. Ein Kellner hielt ihr die Tür auf. Sie bedankte sich bei ihm mit einem Kopfnicken.

»Die Krankheit«, entschuldigte Nina Monica. »Und etwas seekrank ist sie wohl außerdem.«

Marion Randow nickte verständnisvoll und erzählte, dass die Menschen auf die unterschiedlichsten Weisen auf Seegang reagierten. Manchen würde bereits bei der geringsten Schiffsbewegung übel.

Ninas Gedanken schweiften ab.

Was war bloß mit Monica los? Weshalb reagierte sie nicht nur auf Felix Manthei, sondern auch auf diese Entertainmentmanagerin so gereizt? Die hatte ihr doch nichts getan!

Saskia und Felix Manthei kamen vom Büfett zurück und schienen nicht einmal zu bemerken, dass Monica nicht mehr am Tisch saß.

26

Saskia Manthei rückte Tische und Stühle im sogenannten Spielzimmer zurecht, sodass die Teilnehmer, die in einer halben Stunde zum Malkurs erschienen, einigermaßen gut an den niedrigen Tischen arbeiten konnten. Ihr Mann stand am einzigen hohen Tisch und tat so, als legte er Materialien bereit. Saskia hatte dies jedoch längst für ihn erledigt. Sein Hin- und Hergeschiebe der Pinsel und Papierbögen kam ihr vor wie der demonstrative Vorwurf, sie hätte etwas mal wieder nicht ordentlich genug gemacht. Sie fühlte Wut in sich aufsteigen. Auf Felix. Und auf sich, weil sie nichts dazu sagte. So wie sie auch nicht widersprochen hatte, als die Entertainmentmanagerin sie mal wieder zur Assistentin ihres Mannes abgestempelt hatte. Wenigstens Felix hätte in diesem Moment widersprechen können, doch er behandelte Saskia längst ebenso.

Wann hatte es angefangen, dass ihm diese Rollenverteilung gefiel und Saskia sich fügte? Wann hatte es sich eingeschlichen, dass nur noch Felix als Künstler etwas galt? Und seine Ehefrau ihn, zur bloßen Assistentin degradiert, auf Schiffsreisen begleiten durfte? Um an Bord eine Existenzberechtigung zu haben, rückte sie nun für ihn Stühle und wusch nach dem Malkurs die dreckigen Pinsel und Wasserbecher der Teilnehmer aus.

Am Anfang ihrer Ehe waren Felix und Saskia gleichberechtigt gewesen. Sie hatten sich vor zwanzig Jahren in Köln auf einer Vernissage kennengelernt. Waren danach jahrelang als anerkanntes Künstlerpaar aufgetreten und hatten auch gemeinsame Projekte realisiert. Sie waren damals nicht reich mit ihrer Kunst geworden, aber sehr glücklich. Bis Felix neben dem großen gemeinsamen Atelier in Köln auch noch eine Galerie eröffnen wollte. Selbstverständlich in bester Lage. Saskia warf sich bis heute vor, dass sie ihrem Mann das Projekt »Galerie« nicht ausgeredet hatte. So steckten sie in dieses Projekt eine Menge Geld. Geld, das sie nicht besaßen. Sie nahmen hohe Kredite auf, die sie schon bald nur noch mit großer Mühe bedienen konnten.

Während Felix im Atelier malte, saß Saskia meistens in der Galerie und hoffte auf zahlungskräftige Kunden. Doch die kamen nur selten. Zu selten. Zu jeder Vernissage verschickte Saskia massenhaft edel gestaltete Einladungskarten, druckte Kataloge, machte Pressearbeit, rückte Stühle, stellte Gläser und Sektflaschen bereit. Die Leute pilgerten förmlich in Felix' und Saskias Galerie. Doch die meisten kamen nur, um sich hier bei kostenlosen Getränken einen schönen Abend zu machen und sich als Kunstkenner aufzuspielen. Saskia begriff, dass es in der Stadt eine feste, große Gruppe dieser sogenannten Kunstkenner gab, die nicht mal wirklich kunstinteressiert waren, sich aber auf die Adresslisten setzen ließen, um regelmäßig zu Vernissagen und ähnlichen Events eingeladen zu werden. Die meisten kannten sich untereinander von ihren Pilgertouren, begrüßten sich herzlich, schenkten den neu ausgestellten Bildern nur anstandshalber kurze Blicke und ließen die Rede des Kurators einigermaßen geduldig über sich ergehen, bevor sie dann voller Ungeduld nach den gefüllten Sektgläsern griffen.

Pierre Valet hatte damals öfter eine Rede zu Ausstellungseröffnungen gehalten. Immer voller Kenntnis und Respekt vor Saskias und Felix' Arbeit. Später vor Felix' Arbeit, denn Felix stellte irgendwann nur noch seine Gemälde aus. Saskia konnte keine neuen Bilder mehr präsentieren, weil sie nicht mehr zum Malen kam. Sie saß weiterhin fast ausschließlich in der Galerie, kümmerte sich um die Touristen, die aus Langeweile kurz hereinschneiten, und den Papierkram.

Irgendwann waren sie so pleite, dass sie ihre Kreditraten nicht mehr bezahlen konnten. Kein Freund lieh ihnen noch Geld. Familienmitglieder schon lange nicht mehr. Saskia und Felix konnten nicht nur die Miete für die Galerie, sondern auch für ihre Wohnung und das Atelier nicht mehr bezahlen. Den Trick mit den Kreditkarten, die sie bei verschiedenen Banken neu beantragten, reizten sie so lange aus, bis er nicht mehr funktionierte. Saskia fragte sich bis heute, weshalb sie nicht eher »Stopp« geschrien hatte. Weshalb sie Felix nicht gezwungen hatte, die Galerie aufzugeben, bevor sie so hohe Schulden hatten, dass ihre beiden Leben nicht ausreichten, um sie jemals abzubezahlen – wenn kein Wunder geschah. Weshalb Saskia sich von Felix weismachen ließ, dass das alles noch irgendwie zu bewältigen sei. Dass sicherlich bereits am nächsten Tag ein Käufer in die Galerie käme, der gleich mehrere Bilder wollte. Dass ein Großauftrag für die Gestaltung eines Bürohauses mit Bildern oder wenigstens einer Zahnarztpraxis hereinkäme – und sie dann gerettet wären. Sie – Felix und Saskia. Und die Galerie. Weshalb hatte Saskia ihrem Mann vertraut und weiterhin alles mitgemacht? Sie hatte nur eine Antwort darauf: weil sie Felix liebte. Oder hatte es noch weitere Gründe gegeben? Wegen des schönen Lebens, das sie mit ihm gemeinsam führen wollte?

So steuerten sie direkt auf die Geschäfts- und Privatinsolvenz zu.

Bis Felix in letzter Minute mit einem Bild in der Galerie erschien, das jemand in einem alten Haus in der Nachbarschaft auf dem Dachboden gefunden hatte. Ein Bild von Eugen Kästner. Einem verschollenen Wiener Künstler des Expressionismus, erklärte Felix Saskia euphorisch. Auch sie hatte den Namen dieses Künstlers während ihres Studiums mal gehört.

Felix erzählte Saskia damals, dass ein junger Mann mit einem Stapel verstaubter Bilder zu ihm ins Atelier gekommen wäre, um zu erfahren, ob manche davon etwas wert seien. Unter den kitschigen Gemälden von Bergen, Seen, röhrenden Hirschen und den billig gerahmten Kalenderblättern von Dürers Hasen und van Goghs Sonnenblumen wäre auch diese eine Leinwand von Eugen Kästner gewesen, signiert am 15. Juni 1929.

Felix vertraute Saskia an, dass er dem Mann erklärt hätte, keines der Bilder sei etwas wert. Dass nur ein oder zwei der Rahmen vielleicht etwas Geld brachten, jedenfalls mehr als ihr Inhalt. Der Mann hätte das schon vermutet und wollte die Gemälde daraufhin wegwerfen. Felix bot ihm an, dies für ihn zu tun. Vor dessen Augen löste er die Bilder heraus und versenkte sie im Müllcontainer im Hinterhof des Ateliers. Der junge Mann bedankte sich für die Hilfe und Beratung und ging mit den leeren Rahmen von dannen. Felix holte die wertvolle Arbeit des Wiener Expressionisten Eugen Kästner aus dem Müll. Er setzte sich mit einem Auktionshaus in Verbindung, um das Bild dort versteigern zu lassen. Für sehr viel Geld.

Saskia solle nicht denken, dass Felix den jungen Mann betrogen hätte, denn eigentlich wäre es ja kein Betrug, versuchte ihr Mann ihr damals weiszumachen. Der Typ hätte ja gar keine Ahnung, dass er unter seinem Müll einen echten Schatz gefunden – und gleich wieder verloren hatte.

Saskia betrachtete damals lange und nachdenklich die in Graugrün mit einem kaum erkennbaren nackten Paar bemalte Leinwand.

»Und, was meinst du?«, fragte sie schließlich. »Wie viel?«

»Zwanzigtausend«, antwortete Felix. »Vielleicht auch mehr.«

Saskia strich über das Gemälde, als würde sie es streicheln. Zwanzigtausend Euro!

»Vielleicht hat dieser Typ ja noch mehr von Eugen Kästner auf seinem Boden«, sagte sie leise, ohne ihren Mann anzublicken.

Jetzt schwieg Felix lange, bevor er meinte: »Lass uns zunächst schauen, wie es mit diesem Bild läuft.«

Eine Woche später wurde das Gemälde in einem angesehenen Kölner Auktionshaus für über dreißigtausend Euro versteigert. Der Auktionator bedankte sich anschließend bei den Mantheis und fragte, ob sie noch weitere Arbeiten von Eugen Kästner hätten. Es bestünde eine große Nachfrage von Kunstsammlern.

Felix und Saskia feierten das Unfassbare, bezahlten offene Rechnungen, bedienten ihre Kredite und beglichen bei den wichtigsten Freunden die Schulden. Das Geld war schnell aufgebraucht. Saskia bedrängte Felix schließlich, den jungen Mann in der Nachbarschaft zu suchen und herauszufinden, ob es auf dessen Dachboden noch weitere Arbeiten von Eugen Kästner gab. Felix sträubte sich. Erst als Galerie und Atelier erneut kurz vor dem Bankrott standen, kam er eines Tages mit einem weiteren Bild von Eugen Kästner nach Hause. »Da ist wahrscheinlich noch mehr zu holen«, meinte er, dieses Mal ohne einen Anflug von Euphorie.

Er erzählte Saskia von einem alkoholkranken Mieter, auf dessen Dachboden verstaubte, aber gut erhaltene Eugen-Kästner-Leinwände lägen. Felix könne ihm sicherlich nach und nach alle für wenig Geld abkaufen. Er würde dies aber nur tun, wenn auch Saskia mit diesem Geheimnis leben könne. Saskia zögerte keine Sekunde. Ihr Einverständnis war der Preis dafür, der ihnen ihre Existenz rettete. Saskias gemeinsames Leben mit Felix. Darauf kam es an.

Niemals würde Saskia den Tag vergessen, an dem sie als kleines Mädchen am Tisch saß und das Frühstück aß, das ihr ihre Mutter liebevoll zubereitet hatte. Im Radio wurde der Schlager »Tanze mit mir in den Morgen« gespielt, als Saskias Vater hereinkam, seine Frau schnappte und mit ihr ein Tänzchen durch die Küche machte. Die Mutter wehrte sich lachend gegen die Albernheit ihres Mannes. Er setzte sich augenzwinkernd zu seiner kleinen Tochter an den Tisch und rührte einen weiteren Löffel Kaba in Saskias Tasse Milch.

Saskia war glücklich. Im nächsten Moment klingelte es an der Tür. Die Mutter schaute ihren Mann fragend an. Er reagierte nicht. Es klingelte noch einmal, danach hämmerte jemand gegen die Tür.

Der Vater legte einen Finger über den Mund und schüttelte den Kopf als Zeichen, dass seine Frau nicht öffnen solle. Saskias Mutter verstand nicht.

Es wurde erneut gegen die Tür gehämmert.

»Machen Sie bitte auf! Wir wissen, dass Sie da sind.«

Die Mutter stellte das Radio aus und ging zur Tür. Saskia erinnerte sich bis heute an den Vater, der schaute, als wäre er abwesend. Als wäre auch Saskia nicht mehr da. Ihr war plötzlich zum Weinen zumute, und sie wusste nicht weshalb.

Fünf Männer kamen in die Küche. Saskia verstand die Worte nicht, die sie zu ihren Eltern sagten: Zwangsvollstreckung, Zwangsräumung …

Die Mutter schrie: »Nein!«

Saskia hatte ihre Mutter noch nie so außer sich erlebt.

Jetzt weinte sie.

Der Vater erhob sich wie mechanisch und ging auf seine Frau zu. Sie schlug auf ihn ein.

»Du hast es gewusst! Die ganze Zeit! Warum hast du nichts gesagt?«

Saskia hatte ihre Mutter noch nie die Hand erheben sehen. Sie verkroch sich unter dem Tisch.

Die fremden Männer gingen zwischen Saskias Eltern.

»Warum hast du nichts gesagt! Jetzt müssen wir alles zurücklassen«, wimmerte Saskias Mutter.

»Sie hatten vier Wochen Zeit zu packen«, sagte einer der Männer. »Vor vier Wochen ist Ihnen der Bescheid mit dem heutigen Termin zugegangen. Wir geben Ihnen jetzt ausnahmsweise zehn Minuten, um Ihre wichtigsten persönlichen Sachen und Papiere einzusammeln. Danach verlassen Sie bitte diese Wohnung.« Mutter und Vater standen sich reglos gegenüber und taten nichts.

»Bitte packen Sie Ihre wichtigsten Sachen zusammen, und dann verlassen Sie sofort diese Wohnung!«, wiederholte der Mann.

»Und wohin sollen wir gehen?«, fragte die Mutter.

»Das ist nicht unser Problem, Sie hatten Zeit genug, sich etwas zu überlegen. Oder Ihre Schulden zu bezahlen.«

Die Mutter eilte plötzlich aus der Küche und raffte Sachen zusammen. Sachen von sich und ihrem Mann. Keine aus dem Kinderzimmer. Saskia dachte an ihre Spielsachen, die sie so gern mitnehmen würde, wohin auch immer. Wenigstens ihre Puppe. Doch sie wagte nicht, unter dem Tisch hervorzukriechen. Bis ihre Mutter kurz darauf mit halb voller Tasche in der Tür stand und sagte: »Saskia, komm!«

Saskia verließ an der Hand der Mutter das Haus. Ihr fiel noch auf, dass ihr Namensschild am Briefkasten bereits entfernt worden war. Der Vater folgte ihnen in großem Abstand. Saskia blickte sich immer wieder zu ihm um, während die Mutter sie mit sich zog. Noch sind die fremden Männer in der Wohnung, überlegte Saskia damals, noch könnte sie darum bitten, ihre Puppe haben zu dürfen. Doch sie wagte nicht, ihre Mutter zu fragen.

Saskia warf ihrer Mutter ihr Leben lang vor, dass sie damals kein einziges Stück für ihre kleine Tochter eingepackt hatte. Noch weniger Verständnis hatte sie dafür, dass man als Ehefrau überhaupt keine Ahnung davon haben konnte, wie es finanziell um die Familie stand. Dass man die Verantwortung für das Auskommen allein auf den Mann übertrug und ihm in diesen Dingen voll vertraute. Saskia wollte keine solche Frau sein. Niemals wollte sie noch einmal erleben, was sie als Kind erlebte. Dafür war sie bereit, einiges zu tun. Sie hatte bereits einiges dafür getan.

Felix und sie ließen damals zwei weitere Bilder von Eugen Kästner in einem Auktionshaus versteigern. Jedes brachte ihnen noch höheren Gewinn als das erste ein. Die Presse wurde aufmerksam und berichtete über Felix' tollen Fund. Kunstsammler riefen an, weil sie Bilder von Eugen Kästner kaufen wollten, und boten viel Geld dafür. Unanständig viel Geld. Also sorgte Felix für Nachschub. Saskia verkaufte ab jetzt auch regelmäßig Kästners in ihrer Galerie. Zu den Vernissagen erschien ein anderes Publikum. Tatsächliche Kunstkenner, die daran interessiert waren, ihr Geld in Kunstwerke zu investieren. Viele Kunden bezahlten mit Schwarzgeld, was vielleicht nirgends so einfach möglich war wie bei einem Maler, der seine eigene Galerie betrieb. Das Geld musste ja nur vom Käufer zum Verkäufer über den Tisch geschoben werden.

Es begann eine unglaublich aufregende Zeit für Saskia und Felix. Endlich fühlten sie sich in ihrem Leben als erfolgreiche Galeristen angekommen. Und als Künstler, denn die Sache mit den Kästners hatte einen weiteren positiven Nebeneffekt: Die Mantheis verkauften ab jetzt auch häufig eigene Bilder. Als die Galeristen Eugen Kästners hatten sie sich auch Vertrauen und Ansehen als bildende Künstler erarbeitet. Kunden mutmaßten: Wenn die Bilder Eugen Kästners im Wert stiegen, könnten es auch die Arbeiten der Mantheis tun. An manchen Tagen kam es Saskia vor, als würden ihnen die Käufer die Türen einrennen und als stünden die Telefone nicht mehr still. Schnell waren Felix und Saskia in ihrer Galerie fast ausverkauft, weil sie nicht mehr mit dem Malen hinterherkamen. Saskia war als Galeristin zu beschäftigt. Felix war häufig länger fort, um dem Besitzer weitere Werke Kästners abzuschwatzen. Die Gemälde waren in auffallend gleichen Formaten und Farben gehalten. Doch Saskia fragte niemals nach, weshalb das so war.

Manchmal kam Felix betrunken mit neuen Bildern an und gab vor, dass er mit dem alkoholkranken Besitzer hatte trinken müssen. Irgendwann begann er zu jammern, dass er das alles nicht mehr lange aushalten könne. Saskia tröstete ihren Mann dann und ermutigte ihn, so lange durchzuhalten, wie die Bilder-Quelle sprudelte. Sie rechnete Felix vor, wie viel Geld sie bisher verdient hatten und wie viel sie weiterhin verdienen könnten. Sie bot ihm an, die »Drecksarbeit« der Bilderbeschaffung für ihn zu übernehmen, wohl wissend, dass Felix das ablehnen würde.

Eines Tages betrat ein Reeder die Galerie der Mantheis. Er erzählte Saskia, dass er gerade ein Kreuzfahrtschiff bauen ließe. Vier Sterne solle es bekommen. Dafür wolle er es mit dem Allerfeinsten ausstatten – unter anderem mit Original-Kunstwerken. Er fragte, ob Felix und Saskia sich vorstellen könnten, sein Schiff mit eigens dafür gemalten Bildern von anerkannten Künstlern zu gestalten. Einzige Bedingung: immer wiederkehrende azurblaue Töne in den Motiven, denn das Schiff solle MS »Azzuro« getauft werden.

Saskia und Felix statteten die Flure, die Restaurants, die Bars, die Zimmer der MS »Azzuro« aus. Sie wurden nach und nach so wohlhabend, dass sie sich eine Villa in Köln-Marienburg kauften und mit ihrer Galerie in die Nähe des Doms umzogen. Sie stellten jemanden ein, nachdem ihnen der Reeder angeboten hatte, auch die Galerie an Bord der »Azzuro« zu betreiben. Seither fuhren Saskia und Felix mehrere Monate im Jahr auf diesem Schiff und hatten vielen Kreuzfahrtgästen Bilder verkauft. Dem Reeder und anderen Menschen, denen sie dankbar waren, hatten sie Gemälde von Eugen Kästner geschenkt.

Saskia wusste, weshalb die Quelle Kästner nicht versiegte. Sie lebte gut mit diesem Geheimnis. Bis vor Kurzem. Bis Pierre Valet dahintergekommen war und ihrem Mann Schwierigkeiten androhte. Saskia konnte keinesfalls zulassen, dass ihr Leben mit Felix so endete wie das ihrer Eltern, nachdem sie damals alles verloren hatten: in Trennung und unverzeihlichem Schmerz. In Saskias Leben würde so etwas nicht geschehen! Dafür war sie bereit, einiges zu tun. Und sei es nur, die dreckigen Pinsel und Wasserbecher der Teilnehmer des Malkurses auszuwaschen. Dass Saskia und Felix so weitermachen konnten wie bisher, das war es, was zählte. An Land und auf dem Schiff. Ein Leben leben, um das viele Menschen sie beneideten. Ein Leben auf Kreuzfahrt.

27

Fünf ältere Damen und Nina saßen gespannt an niedrigen Tischen, als Felix Manthei sich ihnen recht überschwänglich als Galerist, Künstler und Leiter des Malkurses vorstellte. Seine abseits stehende Frau erwähnte er mit keinem Wort.

Eine der Teilnehmerinnen kündigte an, dass sie den Kurs früher verlassen werde, weil sie einen Termin beim Friseur hätte – für die Welcome-Show. Eine andere sagte, sie werde früher gehen, weil sie noch am Tanzkurs teilnehmen wolle. Felix Manthei äußerte beiden gegenüber sein Verständnis. Bedauerlicherweise liefen Mal- und Tanzkurs parallel.

Er erklärte den Inhalt dieses ersten Treffens: Die Teilnehmerinnen sollten Fotos aus Zeitungen abpausen, danach kolorieren – und so zu eigenständigen Werken werden lassen. Er gab seiner Frau ein Zeichen, und Saskia Manthei goss jeder Teilnehmerin Lösungsmittel in einen Becher, dessen Geruch sofort den Raum erfüllte. Felix demonstrierte, wie man vorging, wenn man ein Bild abpauste. Er bestrich ein Zeitungsbild mit Lösungsmittel; legte es »mit dem Gesicht« auf ein weißes Blatt und rieb mehrmals darüber, bis ein Abdruck zu sehen war. Die Teilnehmerinnen suchten sich eifrig aus einer Vielzahl ausgeschnittener Fotos ein Motiv aus und machten es dem Künstler nach. Eine Dame fing plötzlich an zu kichern, eine andere meinte, ihr würde schwindelig, eine weitere erzählte, dass sie jetzt verstand, weshalb manche Leute »schnüffelten«.

Gesund kann das nicht sein, dachte Nina und versuchte, sich nicht anmerken zu lassen, wie blödsinnig sie es fand, was sie gerade tat. Sie war schließlich nicht zum Vergnügen hier, sondern um Felix Manthei als Mörder von Pierre Valet zu überführen. Doch sie hatte immer noch keine Ahnung, wie sie das anstellen sollte. Vielleicht sollte sie Felix über seine Arbeit als Galerist ausfragen, um dadurch an Informationen zu geraten. Außerdem könnte sie nebenbei etwas lernen, für den Fall, dass sie eines Tages in Monicas Galerie in Travemünde anheuerte. Den ganzen

Tag von Kunst umgeben, von Künstlern und kunstinteressierten Kunden – Nina war überzeugt, dass es kaum einen schöneren Arbeitsplatz als eine Galerie gab.

Der Geruch des Lösungsmittels stach Nina in die Nase. Vielleicht auch in ihr Gehirn. Vor ihren Augen flimmerte es. Felix Manthei ging von Tisch zu Tisch, von Teilnehmerin zu Teilnehmerin. Er lobte Ninas schwarz-graue Pause des Fotos eines Schiffes auf offener See.

»Ist es überhaupt erlaubt, Fotos anderer zu kopieren und zu übermalen?«, fragte sie.

»Aber ja, das merkt doch keiner!«, antwortete Felix amüsiert.

Die Dame, die noch zum Friseur wollte, erhob sich wankend. »Malen Sie bitte mein Bild fertig und hinterlegen Sie es dann für mich an der Rezeption. Meine Kabinennummer ist 436«, verlangte sie.

»Sie sind die Künstlerin! Sie sollten es selbst malen!«, entgegnete Felix.

Die Dame winkte im Gehen ab.

»Nein, machen Sie das!«

Als Felix noch einmal widersprechen wollte, kam Saskia ihm zuvor.

»Überhaupt kein Problem! Ich male Ihr Bild.«

Die Dame wandte sich um.

»Nein, ich möchte, dass der Künstler es macht!«

Jetzt erhob sich die Frau, die zum Tanzkurs wollte, vom Kinderstuhl und verlangte ebenfalls, dass Felix ihr Bild fertigstellte. Er widersprach kein weiteres Mal.

Die Klimaanlage bewältigte den Lösungsmittelgestank nicht mehr. Kein Fenster war zu öffnen. Doch die drei noch anwesenden Frauen kolorierten konzentriert ihre Pausen. Nina versuchte, mit ihnen mitzuhalten. Die Entertainmentmanagerin betrat den Raum. »Ich wollte doch mal schauen, wie es hier läuft!« Ihr Gesichtsausdruck verriet bereits, was sie beim Anblick der wenigen Teilnehmer dachte.

»Wir waren einige mehr«, erklärte Saskia Manthei eilig. »Aber du weißt ja, heute ist Welcome-Show, da wollen alle genügend Zeit haben, um sich chic zu machen. Außerdem ist es der erste

Tag an Bord. Viele nutzen die Zeit erst einmal, um das Schiff kennenzulernen oder sich auszuruhen. Und Fußball-WM ist auch. Zum nächsten Kurs kommen sicherlich mehr Teilnehmer.«

»Das wäre schön«, meinte Marion Randow wenig überzeugt. »Hauptsache, unseren Gästen gefällt, was ihr hier macht.« Sie beugte sich zu einer Dame hinunter. »Macht Ihnen die Malerei Spaß, Frau Rohde?«

Frau Rohde blickte mit stark geweiteten Pupillen von ihrer farbverschmierten Pause einer Sonnenblume auf und nickte.

»Das wird ja ein ganz tolles Bild, das Sie da malen«, meinte die Entertainmentmanagerin.

Frau Rohde blickte unschlüssig auf das vor sich liegende Geschmiere, während Marion Randow sich zu Nina begab.

»Schade, dass die Dame, die Sie begleiten, nicht malen möchte.«

Nina bemerkte Saskia Mantheis bittenden Blick.

»Monica geht es heute leider nicht gut. Ihre Krankheit macht ihr sehr zu schaffen. Beim nächsten Malkurs möchte sie aber unbedingt dabei sein«, behauptete Nina und registrierte dafür ein dankbares Lächeln von Saskia.

»Bitte richten Sie ihr herzliche Grüße von mir aus«, sagte Marion Randow. »Ich würde mich sehr freuen, wenn sie heute Abend wenigstens bei der Welcome-Show dabei sein kann. So – und jetzt werde ich mal schauen, was unser Tanzpaar so mit seinen Kursteilnehmern anstellt. Wir sehen uns dann alle nachher! In der Show!«

Kaum hatte die Entertainmentmanagerin das Kinderspielzimmer verlassen, blickte Saskia ihren Mann vorwurfsvoll an. Weshalb gab er sich nicht mehr Mühe in seinem Workshop?, fragte sich Nina. Bilder abpausen und ausmalen zu lassen hatte doch nichts mit Kunst zu tun. Felix Manthei war doch ein Künstler. Einer, der sein Handwerk gut verstehen und vermitteln können sollte, oder nicht? Wenn er seit Jahren erfolgreich Bilder fälschte, müsste er die unterschiedlichsten Maltechniken beherrschen. Oder malte Felix Manthei die Kästner-Bilder etwa gar nicht selbst? Gab es jemanden im Hintergrund, der ihn belieferte? So wie damals bei der »Stern«-Affäre mit den angeblichen Hitler-Tagebüchern. War vielleicht Saskia Manthei die Fälscherin?

Was war los mit den beiden? Weshalb klammerten sie sich so an diesen Job auf der »Azzuro«? Sie konnten doch auch woanders auf Kundenfang gehen. Hatten sie vielleicht bereits Probleme in Köln und flüchteten, solange es noch möglich war, auf dieses Schiff?

Pierre Valet hatte noch keine Anzeige gegen Felix Manthei erstattet. Vielleicht aber jemand anders?

Nina bemerkte die Schweißperlen, die sich auf Felix Mantheis Stirn und über der Oberlippe gebildet hatten. Alles sprach dafür, dass er den weißen Phosphor am Brodtener Ufer ausgelegt und dafür gesorgt hatte, dass Pierre Valet auf furchtbarste Weise verbrannte. Wusste Saskia Manthei davon? Nina musste es endlich herausfinden.

Die letzten drei Damen verließen mit ihren Kunstwerken stolz den Raum. Nina tuschte weiterhin auf ihrer Pause herum. Saskia machte sich daran, die Bilder der zwei Frauen, die den Malkurs vorzeitig verlassen hatten, fertigzustellen.

Felix Manthei setzte sich zu Nina.

»Interessiert sich die Frau, die du begleitest, für Kunst?«, fragte er.

Nina zuckte die Schultern. »Weshalb?«

Er rückte näher zu ihr heran. Nina irritierte, dass sein schwarzes Hemd einen Knopf zu weit offen stand, und starrte auf seine recht muskulöse, braun gebrannte Brust.

»Viele Leute suchen nach Möglichkeiten, ihr Geld gewinnbringend zu investieren«, fuhr Felix fort. »Ich habe ein paar Arbeiten dabei, die garantiert im Wert steigen werden. Von einem österreichischen Künstler, der Eugen Kästner heißt. Der Name wird dir nichts sagen, aber auf dem Kunstmarkt ist er ein Begriff. Sammler reißen sich um die Arbeiten von diesem Maler. Wenn deine Chefin möchte, könnte sie kaufen, bevor alle Bilder weg sind.«

»Ich werde sie fragen«, sagte Nina und wischte sich unbewusst mit der Hand über die Stirn.

Felix Manthei strich ihr über die Schulter.

»Dein Bild ist ganz toll geworden! Jetzt musst du es nur noch signieren – und fertig. Gratulation zu deinem ersten eigenen Werk!«

Nina blickte unschlüssig auf die ausgemalte Pause. Das Schiff auf hoher See war nicht mehr zu erkennen.

28

Felix strich die langen Haare nach hinten und rieb sich Schweiß von der Brust. Er genoss es, allein in der Sauna zu sitzen, so konnte er ohne Rücksicht auf andere Gäste einen weiteren Aufguss machen. Das Thermometer zeigte über einhundert Grad Celsius an. An den frühen Abenden war die Sauna meist kaum besucht, weil sich die Passagiere für das Dinner oder die Welcome-Show zurechtmachten. Felix und Saskia nutzten fast täglich diese Zeit, um zu saunen, im Pool zu schwimmen oder im Fitnesscenter Sport zu treiben. Heute war Saskia allerdings immer noch mit den beiden Bildern beschäftigt, die sie für die zwei Teilnehmerinnen des Malkurses fertigstellen musste. Felix genoss es auch, ohne sie hier zu sitzen. Manchmal kam es vor, dass sich jemand aus der Führungsriege der Crew, der ebenso um die günstigsten Zeiten in der Sauna wusste, zu ihm gesellte. Im besten Fall mehrere junge Offizierinnen, die sich nackt zu Felix auf die Holzbank setzten. Er hatte dann genügend Stoff für mehrere Tag- und Nachtträume. Er hoffte, dass es heute wieder so sein würde.

Felix rieb über die Haut seines flachen Bauches und der Oberschenkel. Er sah noch ziemlich gut aus, fand er. Achtzig Kilogramm bei einer Körpergröße von einem Meter fünfundachtzig, das sollte ihm mal jemand nachmachen – in seinem Alter. Wie alt er war, verriet er allerdings schon lange niemandem mehr. Schon gar keiner Frau. Erst recht nicht dieser Nina, die mindestens zwanzig Jahre jünger war als er. Er hatte heute im Kurs bemerkt, dass sie ihn endlich auch als Mann wahrgenommen hatte. Es war für Felix immer noch ungewohnt, dass er aus dem Alter heraus war, in dem er jede Frau auf Anhieb beeindruckte. Wenn Nina jetzt nackt in die Sauna käme, dann hätte er Stoff für wochenlange Phantasien. Gern hätte er mit einer jungen Frau wie ihr auch etwas Reales, und sei es nur für eine Nacht oder gleich hier in der Sauna, doch das musste er sich verbieten. Als er sich vor Jahren von Marion sehr angezogen fühlte, durfte er auch nichts mit ihr anfangen.

Manchmal hasste er sich dafür, weil er sich selbst in diese Falle gebracht hatte. Durch seine Fälschereien. Manchmal hasste er die Bilder, die seit Jahren so viel Geld einbrachten. Sie waren schuld, dass er seitdem immer auf der Hut sein musste. Seine Frau war mit schuld, dass er nicht mehr aus dieser Falle herauskam, denn sie wusste um sein Geheimnis. Saskia würde ihn niemals verraten – doch nur, solange Felix sie nicht verriet. Dadurch, dass er zum Beispiel mit einer anderen Frau etwas anfing. So hatte schließlich Pierre Valet mit der hübschen Marion anbändeln können. Dabei war der nur die zweite Wahl gewesen.

Valet hatte bis zum Schluss tatsächlich geglaubt, niemand auf dem Schiff würde mitbekommen, dass er es während jeder Reise mit der hübschen Entertainmentmanagerin trieb. Felix hatte es sofort gemerkt. Und Pierre dafür gehasst, dass der nicht in einer solchen Zwangslage wie Felix war. Dass er glaubte, er könnte sich alles erlauben. Als Pierre dann auch noch wagte, ihn unter Druck zu setzen, war das Maß für Felix voll. Er hatte sich wie ein Tier verhalten, das in eine Falle geraten war und denjenigen nicht erkannte, der ihn daraus retten wollte. Wie ein Tier, das töten würde, bevor es getötet wurde.

Jetzt war Pierre tot. Und Felix saß immer noch in der Falle.

Falle, Falle, dachte Felix und wischte sich Schweiß aus dem Gesicht. Mit dem letzten Aufguss hatte er wohl etwas übertrieben.

Er sah durch die Milchglasscheibe der Tür Bewegung im Vorraum der Sauna. Hoffentlich kam jetzt nicht Saskia. Felix hatte gerade absolut keine Lust, den Malkurs auszuwerten. Hoffentlich kam jetzt eine nackte Nina.

Die Tür wurde geöffnet, und herein trat ein Stammgast, den Felix bereits von vielen Reisen vom Sehen kannte. Obwohl in der Sauna noch viel Platz war, setzte sich der große, schwere Mann dicht neben Felix auf die Holzbank. So dicht, dass Felix befürchtete, er könnte mit dem schweißnassen Körper des Gastes in Berührung kommen. Am liebsten wollte Felix sofort die Sauna verlassen, doch das verbat er sich, um als Künstler an Bord nicht durch Unhöflichkeit aufzufallen. So saßen die beiden schwitzenden Männer nebeneinander und schwiegen. Der Dicke schnaufte. Felix hatte das Gefühl, nicht mehr atmen zu können. Hoffentlich kam jetzt Saskia und rettete ihn aus dieser Falle. So wie sie ihn immer rettete.

Niemand kam.

Schwitzen. Schweigen. Schnaufen. Bis der dicke Mann Felix plötzlich von der Seite betrachtete und fragte: »Und? Wie schwer sind Sie?«

Felix durfte nicht unhöflich sein. Der Mann neben ihm wog vermutlich über drei Zentner, also erhöhte Felix sein tatsächliches Gewicht um fünf Kilogramm.

»Fünfundachtzig Kilo«, antwortete er.

Schweigen. Schwitzen. Schnaufen.

»Das meine ich nicht«, sagte der dicke Mann. »Ich meine, wie schwer Sie sind. Ich bin zwanzig Millionen schwer. Und Sie?«

Atmen, atmen, dachte Felix.

Er überschlug, wie viel er bisher durch seine Bilder von Eugen Kästner verdient hatte. Sollte er antworten: »Eine Million«?

Ihm wurde bewusst, dass er noch bis an sein Lebensende fälschen und verkaufen konnte, für den dicken Mann würden es Peanuts bleiben, was er dadurch erreichte.

Felix erhob sich fast kraftlos.

»Es ist mir heute zu heiß«, sagte er entschuldigend und verließ die Sauna.

Lange stand er unter der kalten Dusche. Doch das Gefühl, in der Falle zu sitzen, ließ sich nicht abwaschen.

29

»Fertig?«, rief Monica, nachdem sie an die Tür zu Ninas Kabine geklopft hatte.

Nina öffnete im edlen Damensmoking, der perfekt saß und ihre gute Figur betonte. Das wellige blonde Haar fiel über die schwarzen seidenen Revers. Um den Hals schimmerten die silberfarbenen Glassteine einer Swarovski-Kette. Es war heutzutage salonfähig, edlen Modeschmuck zu tragen, wenn man sich keine echten Brillanten oder Diamanten leisten konnte. Monica hatte massiven Goldschmuck zum königsblauen Seidenkleid angelegt, von dem sie wusste, dass es ihr nicht nur gut stand, sondern auch für Aufsehen sorgen würde. Doch in Abendkleidern und schwerem Schmuck kam sich Monica immer auch etwas alt vor. Und jetzt musste sie blöderweise auch noch ein Bein nachziehen, um eine schwere Erkrankung vorzutäuschen. Wie würde das bloß aussehen! Sie hätte sich etwas Besseres einfallen lassen sollen, doch nun musste sie die Sache weiterhin durchziehen.

Monica hakte sich bei Nina unter und empfand trotz allem fast etwas Spaß, gleich mit ihr gemeinsam ihren Auftritt bei der Willkommensshow zu haben.

In der Lobby vor dem Show-Saal spielte ein Trio Barjazz. Kellner und Kellnerinnen in azurblauen Fracks trugen Tabletts mit Sektschalen, in denen blaue und orangefarbene Drinks schimmerten. Eine Vielzahl der Gäste hatte sich bereits versammelt und stand an extra dafür aufgestellten Stehtischen oder saß in Sesseln und auf Sofas. Am Eingang zum Show-Saal reichte der Kapitän jedem Gast zur Begrüßung die Hand und wünschte ihm eine wunderschöne Reise. Die meisten ließen sich stolz mit dem Kapitän fotografieren. Am nächsten Morgen würden sämtliche Fotos in meterlangen Schaukästen aushängen und für fünf Euro pro Stück zu erwerben sein.

Der Kapitän war der mächtigste Mann an Bord. Fast jeder weibliche Gast suchte gern seine Nähe, sei es für einen Small Talk, ein gemeinsames Foto oder gar einen Platz am Tisch beim gelegentlichen Captain's Dinner. Monica und Nina verzichteten auf azurblaue Drinks und das gemeinsame Foto mit ihm und gingen direkt in den Saal. Monica bemerkte, dass der Kapitän das interessiert wahrnahm und Nina nachschaute. Es versetzte ihr einen Stich. Sie beschloss, sich nach dieser Reise ebenfalls einen solchen Smoking schneidern zu lassen, der einen jünger aussehen ließ.

Auf der Tanzfläche vor der Bühne wiegten sich ein paar Paare zu einem Walzer, den das Bordorchester spielte. Acht Musiker in Smokings, eine Sängerin in einem goldfarbenen langen Kleid, die »Wiener Blut« mit toller Stimme und tschechischem Akzent sang. Monica und Nina suchten sich Plätze an einem der vielen kleinen runden Tische, auf denen winzige Lampen standen und den Saal erleuchteten. Sofort kam ein Kellner, um die Getränkebestellung aufzunehmen. Wenn die Show begann, herrschte Service-Stopp, damit die Künstler während ihrer Darbietungen nicht gestört wurden.

Monica und Nina bestellten den Cocktail des Tages »Azzuro«. Eine Weile beobachtete Nina fasziniert, wie gekonnt und harmonisch sich ein sehr altes Paar auf der Tanzfläche bewegte. Ein anderes tanzte, als müsse der Mann sich an seiner Frau festhalten, doch sie tanzten. Auf dem großen, noch geschlossenen Vorhang hinter der Band funkelten Tausende Sterne auf blauem Samt. Immer mehr Gäste strömten in den Saal. Eine Frau trug einen Hut mit kurzem Schleier vor den Augen zu einem langen Kleid, die meisten Männer Smokings oder weiße Dinnerjackets. Ein Herr erschien in einem lindgrünen seidenen Frack, um den Hals eine schwere goldgliedrige Kette, passend zum Armband an seinem Handgelenk und den goldfarbenen Schuhen. Ein Kellner trug ihm und seiner Frau eine Champagnerflasche in einem silbernen Kübel nach. Ein anderer Kellner brachte umgehend frische Gläser und schenkte ein, wobei er die Flasche gekonnt mit zwei Fingern unter dem Boden hielt. Während die Frau sich in einen der kleinen runden Sessel setzte, blieb der Mann stehen und hielt Ausschau. Er entdeckte Nina, kam direkt auf sie zugesteuert und forderte sie mit einer kleinen Verbeugung zum Tanz auf.

Nina war zu überrascht oder zu gut erzogen, um abzulehnen, und blickte sich hilfesuchend zu Monica um, bevor sie den Herrn im lindgrünen Frack untergehakt auf die Tanzfläche begleitete. Monica nickte ihr aufmunternd zu und hoffte, dass ihr keine Schadenfreude anzumerken war. Als der Mann auf den Tisch zukam, hatte sie einen Moment lang befürchtet, er könnte sie zum Tanz auffordern. So wie sie gehofft hatte, der Kapitän würde ihr und nicht Nina nachschauen. Dabei vergaß sie immer wieder, dass sie inzwischen für die meisten Männer unsichtbar geworden war.

Nachdem sie fünfzig Jahre alt geworden war, hatte dies nach und nach eingesetzt. Sicherlich war es normal, doch Monica konnte sich nur schwer damit abfinden, denn sie war es als junge Frau gewohnt gewesen, dass es still wurde, wenn sie einen Raum betrat, so, als würden die Menschen die Luft anhalten, weil Monica so schön war. Niemals würde sie den Tag vergessen, an dem eine fremde Frau auf sie zukam und sich dafür entschuldigte, dass sie nicht aufhören könne, Monica anzustarren. Sie könne sich nicht an deren Schönheit sattsehen.

Jetzt blickten fast alle Gäste zu Nina. Der lindgrüne Frack ihres Tanzpartners flatterte, als er sie zu »Tanze mit mir in den Morgen« über die Tanzfläche wirbelte und ihr dabei immer wieder auf die Füße trat. Wie gut, nicht an ihrer Stelle zu sein, dachte Monica. Schadenfroh. Oder eifersüchtig auf Ninas Jugend. So, wie sie eifersüchtig auf die Entertainmentmanagerin war. Diese Marion Randow hatte Pierre nur durch ihre Jugend in Versuchung führen können. Das hatte schließlich damit geendet, dass Monica ihn verlor. Für immer.

30

»Oh mein Gott, war das schrecklich!«, sagte Nina und ließ sich außer Atem in den Sessel neben Monica fallen.

Der Mann im lindgrünen Frack hielt nach einer weiteren jungen Tanzpartnerin Ausschau, doch jetzt kündigte der Schlagzeuger des Bordorchesters mit einem Trommelwirbel den Beginn der Show an. Die Lichter über der Tanzfläche gingen aus, der Vorhang auf der Bühne auf, ein Spot an. Heraus trat die Entertainmentmanagerin Marion Randow – so aufwendig geschminkt und frisiert, dass sie kaum wiederzuerkennen war. In einem langen Kleid in der Farbe des Schiffes. Sie begann den stimmungsvollen »Song of Azure« zu singen. Sie sang gut.

Monica trank einen kräftigen Schluck »Azzuro« und flüsterte Nina zu: »Früher gab es noch Moderatoren, die durch die Shows führten. Die wurden inzwischen alle eingespart. Auf manchen Schiffen wird bereits die halbe Crew als Künstler eingesetzt. Hoffentlich erwartet uns das hier nicht!«

Jemand, der hinter Monica und Nina saß, zischte: »Ruhe, bitte!«

Die Entertainmentmanagerin bedankte sich für den großen Applaus und begrüßte alle Kreuzfahrtgäste. Sie kündigte den bedeutendsten Mann an Bord an. Die Passagiere klatschten begeistert, als der Kapitän den langen Weg vom Eingang zur Bühne einmarschierte. Nachdem sich der Spot auf ihn gerichtet hatte, dankte er seiner Entertainmentmanagerin, stellte sich vor und erzählte etwas über die schöne Route, die den Gästen mit der »Azzuro« bevorstand. Danach stellte er seine wichtigsten Besatzungsmitglieder vor. Leider könne er nicht die gesamte Crew präsentieren. Auf die dreihundert Passagiere, die gerade an Bord waren, kämen ebenso viele Besatzungsmitglieder. Bis auf die Zimmermädchen und das Service-Personal wirkten die meisten unsichtbar in der Küche, in der Maschine, in der Wäscherei. Eine Dame hätte ihn neulich gefragt: »Schläft die Crew eigentlich auch an Bord?«, erzählte der Kapitän.

Monica flüsterte Nina zu, dass er gerade einen sehr alten Witz kolportiere. Sogar Nina wusste, dass es ein Buch, einen Bestseller, über Kreuzfahrten mit dem Titel »Schläft das Personal auch an Bord?« gab. Diese Frage würde ihm häufiger gestellt, fuhr der Kapitän fort, er wollte sie wie immer höflich beantworten und wüsste nicht, was an diesem einen Tag in ihn gefahren sei, als er der Dame antwortete: »Nein, die Crew wird jede Nacht mit einem Hubschrauber ausgeflogen und morgens in aller Frühe wieder eingeflogen.«

Als dann am Ende der Reise alle Kreuzfahrtgäste den Bewertungsbogen ausfüllten, gab die Dame, die gefragt hatte, an, dass ihr Service, Küche, Kabinen, Künstlerprogramm und alles andere auf der »Azzuro« sehr gut gefallen hätten. Nur eines nicht, schrieb sie: »Der Lärm der Hubschrauber, der mich immer frühmorgens weckte, wenn die Crew eingeflogen wurde.«

Viele Gäste lachten. Manche nicht.

Der Kapitän machte eine Drehung und gab der Bordband ein Zeichen. Dann sang auch er ein Lied. Wo war Nina hier gelandet?

Während der dritten Strophe marschierten uniformierte Crew-Mitglieder ein. Nach frenetischem Applaus des Publikums stellte der Kapitän sie vor: den Staff-Kapitän, die Sicherheitsoffiziere, den Hoteldirektor, den Restaurantchef, die Zahlmeisterin, den Kreuzfahrtdirektor. Beim Bordarzt machte er die Bemerkung, dass das der einzige Mann an Bord sei, dem er wünschte, dass er während der Reise wenig oder am besten gar nichts zu tun bekäme, denn wenn der Bordarzt nicht arbeiten müsse, bedeute dies, dass es den Passagieren an Bord gut ginge. Erneut lachten viele Gäste. Als Letzten stellte der Kapitän den Mann vor, der an Bord wichtiger als er selbst sei: den Chefkoch. Dieser trat in seiner weißen Uniform und mit seiner hohen Mütze einen Schritt nach vorn und verbeugte sich. Das Publikum klatschte so begeistert, als wäre der Koch tatsächlich bedeutsamer als jeder andere an Bord. Wenn etwas auf einem Kreuzfahrtschiff zählte, war es wohl vor allem gutes Essen. Und das Essen auf der MS »Azzuro« war sehr gut, davon hatten sich die Passagiere während der bisherigen Mahlzeiten bereits überzeugen können.

Während die Besatzungsmitglieder nach »Eine Seefahrt, die ist lustig« und dem Im-Takt-Geklatsche aus dem Saal marschierten, musste Nina an die »Costa Concordia« denken. An den Kapitän, der unter den Ersten war, die das in Seenot geratene Schiff verließen. Sie spürte plötzlich die Wellen, die auch diesen Show-Saal regelmäßig mit dumpfen Schlägen erschütterten, und trank eilig einen Schluck »Azzuro«. Dabei fiel ihr Blick auf Monica. Weshalb schaute sie mit so angewiderter Miene zur Bühne, auf der die Entertainmentmanagerin nun wieder das Mikrofon übernommen hatte und den Passagieren freudig ankündigte, dass diese während der bevorstehenden Reise von vielen hochrangigen Künstlern unterhalten würden. Jeder würde gleich eine Kostprobe seines Könnens geben, damit die Gäste einen Eindruck bekämen, was sie in den nächsten Tagen in den Abendshows alles erwarte.

Zuerst stellte Marion Randow das Bordorchester vor, das bereits seit vielen Jahren auf der MS »Azzuro« allabendlich zum Tanz aufspielte und die Entertainer in deren jeweiligen Shows musikalisch begleiten würde. Die Band gab als Kostprobe einen Song von Whitney Houston zum Besten. Die tschechische Sängerin sang mit einer Stimme, als wäre sie Whitney Houston.

»Wetten, dass auch ein Frank Sinatra an Bord ist?«, flüsterte Marion Nina zu.

Als Nächstes kündigte die Entertainmentmanagerin das Tanzpaar der Reise an, das neben seinen abendlichen Auftritten in den Shows an den Seetagen auch einen Tanzkurs anbiete. Das junge Paar tanzte mit großer Eleganz einen Walzer.

Nina fühlte sich an die Zeit erinnert, als sie als kleines Mädchen gemeinsam mit ihrer Mutter und ihrem Vater während des sonntäglichen Kaffeetrinkens die Wettkämpfe von Standardtänzern im Fernsehen schaute. Wie sehr sie die Kleider der Frauen bewunderte, die ab der Hüfte in federleichten, übereinanderliegenden Bahnen durch die Luft wippten. Auch die Tänzerin auf der »Azzuro« trug heute Abend ein solches Kleid. In Rot, die Ränder jeder Stoffbahn mit silbernen Steinchen besetzt. Das dunkle Haar streng nach hinten gebunden. Die Wimpern lang und schwarz, der Mund im Rot des Kleides.

Es schien, als würde das Paar über die Tanzfläche schweben, mit eingefrorenem Lächeln im grellen Kreise des Spots, der sie nie verlor. Sicherlich würde der Tanzkurs großen Zulauf haben.

Nina blickte zum Techniker, der am Rande des Saales den Spot bediente. Sein Blick begegnete dem Ninas. Könnte dieser Mann ihr Vater sein? Wer war er? Sie sollte ihn nach der Show ansprechen und fragen, ob sie sich kannten. Doch das war etwas, das ihr auch in ihrem Job als Ermittlerin schwerfiel: sich Menschen zu nähern und sie mit etwas zu konfrontieren, das ihnen unangenehm sein könnte. So wie ihr auch.

Während ihres ersten großen Falles, des Mordes an Elisabeth Bergmann, hatte sich Nina mit deren Sohn auseinandersetzen müssen, denn er und seine Frau waren in Verdacht geraten, etwas mit der Tat zu tun zu haben. Nina kam bei ihren Ermittlungen nicht nur dahinter, dass der Sohn Elisabeth Bergmanns massive Geldprobleme und dadurch ein Motiv hatte, seine Mutter umzubringen, sondern auch hinter ein dunkles Familiengeheimnis der Bergmanns. Für alle Beteiligten wäre es sicherlich besser gewesen, wenn dieses Geheimnis für immer verborgen geblieben wäre. Auch wenn durch ihre Ermittlungen schließlich der Mörder überführt wurde, empfand Nina deshalb bis heute keine Genugtuung, sondern eher das Gefühl, durch ihren Ehrgeiz, den Fall zu lösen, die Leben anderer zerstört zu haben.

Auch bei ihrem zweiten großen Fall um den berühmten Partysänger Ricci Bell war Nina hinter die Lebenslügen mehrerer Menschen gekommen. Lügen, mit denen die Beteiligten bisher gut gelebt hatten und dies auch weiterhin getan hätten, wenn Nina nicht nachgeforscht hätte. Wenn es nun in ihrem neuen Fall tatsächlich so sein sollte, dass der Galerist Felix Manthei Pierre Valet auf heimtückische Weise mit weißem Phosphor ermordet hatte und Nina ihn schließlich überführte, würde sie dadurch nicht nur dessen Leben, sondern sicherlich auch das seiner Frau zerstören. Gleichgültig, ob sie von den Fälschungen ihres Mannes wusste oder nicht. Für alle Beteiligten würde danach nichts mehr so sein, wie es mal war. Weshalb tat Nina dies anderen

Menschen an? Weshalb tat sie sich selbst das an? Weil Monica etwas Furchtbares angetan wurde? Nina kannte doch die Frau, die jetzt in der Show neben ihr saß, gar nicht.

Die Entertainmentmanagerin stellte die »Tageskünstler« vor. Eine Yogalehrerin, einen Lektor, der Vorträge über Land und Leute dieser Reise halten würde, eine Stilberaterin – und Felix Manthei, der Malkurse anbot und jeden Abend in der Galerie zu Gesprächen über die dort aushängenden Bilder bereitstünde. Alle traten kurz auf die Bühne und verbeugten sich.

Saskia Manthei saß auf einem der Sessel am Rand des Saals fast im Dunkeln und beobachtete mit finsterer Miene ihren Mann, der es offenbar genoss, dass das Licht des Spots auf ihn gerichtet wurde. Vielleicht sollte Nina eher Saskias als Felix' Nähe suchen?

Ein Klassiktrio spielte eine schöne Sonate von Mozart. Eine Musicalsängerin sang »Memory« aus »Cats«. Sie hatte ihren eigenen Pianisten mitgebracht. Er spielte voller Hingabe. Das Publikum lauschte andächtig.

»*Das* ist Kunst!«, meinte ein Mann, der hinter Nina saß, zu seiner Frau. Im nächsten Augenblick erschütterte ein starker Wellenschlag das Schiff. Gläser und Flaschen kippten von den Tischen. Die Sängerin sang, als wäre nichts geschehen. Der Pianist spielte. Doch er hatte keinen Flügel mehr vor sich, denn dieser war mit seinem tonnenschweren Gewicht von der Bühne in Richtung Publikum gerauscht. Kurz vor dem Tisch zweier älterer Damen kam er zum Stehen. Gäste schrien auf. Die Sängerin sang. Der Pianist saß mit erhobenen Händen da – vor ihm kein Flügel mehr, doch seine Klavierbegleitung war immer noch zu hören. Playback, dachte Nina und hielt sich die Hand vor den Mund, weil sie lachen musste.

Im nächsten Augenblick verstummte die Klaviermusik, fast so, als hätte jemand eilig den Stecker gezogen. Die Sängerin verstummte. Die Entertainmentmanagerin unterbrach das Programm mit einer launigen Seefahrtsgeschichte, bis alle Gäste neue Getränke hatten und der Flügel wieder am rechten Platz stand. Monica war ihr »Azzuro« direkt auf den Schoß gekippt und hatte einen großen Fleck im seidenen Kleid verursacht. Sie erhob sich vom Sessel.

»Ich werde mich umziehen. Gehe du schon mit den Mantheis in die Bar vor. Ich komme dann nach.«

Nina wusste, dass sie wieder ohne ihre Auftraggeberin den Abend verbringen würde. Gemeinsam mit einem Mörder. Weil das ihr Job war.

31

Am Ausgang auf Deck 3 warteten ungeduldige Passagiere darauf, dass das Schiff endlich freigegeben wurde. Obwohl der Kreuzfahrtdirektor bei seiner morgendlichen Durchsage betont hatte, dass alle Gäste, die einen Ausflug gebucht hatten, erst zum Ausgang kommen sollten, wenn die jeweiligen Ausflugsnummern durchgerufen wurden, versammelten sie sich hier, als hätten sie Sorge, einer der bereits am Kreuzfahrtterminal bereitstehenden Busse könnte ohne sie abfahren – in die Innenstadt von Oslo, zum geführten Stadtspaziergang mit Holmenkollen und Vigelandpark, zum Munch-Museum oder zum »Ausflug in die Wikingerzeit«. Manche wollten das Schiff auch nur »individuell« verlassen, um endlich mal wieder festen Boden unter den Füßen zu haben. Vielen Passagieren machten reine Seetage wie der gestrige zu schaffen. Dass es so sein würde, bemerkten Erstfahrer erst, wenn kein Land mehr in Sicht war.

Saskia dagegen liebte Seetage. Sie gaben ihr das Gefühl, sehr weit weg von all dem zu sein, was sie zu Hause in Köln beschäftigte und was ihr Sorgen oder Ängste bereitete. An Seetagen konnte man sich einbilden, dass einen nichts und niemand einholen konnte, um einem Schwierigkeiten zu machen. An Land ließ dieses sichere Gefühl sofort nach. Vor allem, wenn die »Azzuro« eine Stadt wie Oslo anlief. Europäische Großstädte ähnelten sich heutzutage auf beinahe beängstigende Weise. Überall gab es die gleichen Geschäfte wie in Köln: Zara, Mango, H&M, McDonald's, Nespresso …

Saskia stand etwas früher als mit Nina verabredet an der Rezeption, denn sie wollte hier noch ungestört Namen und Kabinennummer der Dame, die gestern ein kleines Bild von Eugen Kästner gekauft hatte, hinterlegen. Die Rezeptionistin, die Saskia und Felix bereits seit Jahren kannte, meinte: »Gratuliere. Das läuft ja wieder wie am Schnürchen!«, bevor sie das Bordkonto der Käuferin mit dem Betrag von fünftausend Euro belastete. Die Reederei zweigte sich dreißig Prozent Provision ab, denn immerhin stellte sie die Galerie zur Verfügung, in der die Mantheis ihre Bilder ausstellen konnten.

Es hatte Zeiten gegeben, in denen hatten Saskia solche Verkäufe beglückt. Heute machten sie ihr Angst. Felix schien dagegen immer noch furchtlos zu sein. So hatte er Saskia ermuntert, den Tag in Oslo zu nutzen, um ausgiebig einzukaufen. »Geh shoppen, bis die Kreditkarte glüht«, hatte er fröhlich gesagt. »Wir können es uns leisten.«

Am Vorabend in der Bar hatte er Saskia und Nina überredet, gemeinsam an Land zu gehen. Saskia kenne sich in Oslo gut aus, weil Felix und sie schon häufig mit dem Schiff dort gewesen seien. Er selbst wolle an Bord bleiben, um den nächsten Malkurs vorzubereiten. Saskia wusste es besser, und es behagte ihr nicht.

Sie unterschrieb der Rezeptionistin einen Beleg. Eine ältere Dame mit einem kleinen Teddy im Arm stellte sich dicht neben sie.

»Die Welcome-Show muss wiederholt werden!«, forderte sie.

Die Rezeptionistin lächelte ihr Lächeln. »Guten Morgen, Frau Rose! Was darf ich für Sie tun?«

»Dafür sorgen, dass die Welcome-Show wiederholt wird!«, antwortete Frau Rose.

»Hat sie Ihnen denn nicht gefallen?«, fragte die Rezeptionistin, als handle es sich bei Frau Roses Anliegen um ein ganz alltägliches.

»Das kann ich nicht sagen, denn ich war leider nicht dabei«, antwortete Frau Rose. »Ich habe nur die Aufzeichnung im Bordfernsehen gesehen. Deshalb muss die Show wiederholt werden.«

Bevor die Rezeptionistin etwas erwidern konnte, fuhr Frau Rose aufgeregt fort: »Ich habe nach dem Abendessen in meiner Kabine nur mal kurz die Füße hochgelegt, aufs Bett. Und dann sind Teddy und ich eingeschlafen. Und erst mitten in der Nacht wieder aufgewacht. Da lief die Aufzeichnung der Show bereits im Fernsehen. Sie müssen dem Kapitän sagen, dass die Show wiederholt werden muss! Ich habe mir extra dafür einen neuen Hut gekauft. Für das Foto. Sonst habe ich kein Foto mit dem Kapitän. Und dem neuen Hut. Und mit Teddy.«

Saskia vertiefte sich in das Formular, das sie längst unterschrieben hatte, um der Rezeptionistin nicht ins Gesicht blicken zu müssen, als diese sagte: »Es wird schwierig werden, die gesamte Show zu wiederholen. Aber ich werde Ihr Anliegen dem Kapitän vortragen und mich dann wieder bei Ihnen melden.«

Das war Frau Rose offenbar nicht ausreichend genug.

»Ich fahre seit über zehn Jahren mit der ›Azzuro‹. Ich habe über eintausend Seetage zu verzeichnen. Von jeder Reise habe ich ein Foto mit dem Kapitän. Ich gehe auch dieses Mal nicht ohne ein Foto von diesem Schiff!«

»Wir werden tun, was wir können, sehr verehrte Frau Rose«, versprach die Rezeptionistin. »Ich melde mich bei Ihnen. Heute noch.«

Frau Rose ging grußlos mit Teddy von dannen. Dass die Rezeptionistin jetzt nicht mal die Augen verdrehte, fand Saskia bewundernswert. Dem Personal der MS »Azzuro« konnte man nur großen Respekt entgegenbringen. Gleichgültig, in welchem Bereich es arbeitete. Saskia hatte noch nie erlebt, dass jemand gegenüber einem Gast die Geduld verlor. Und es ereigneten sich häufiger Situationen, in denen man die Geduld verlieren konnte. Saskia kannte Frau Rose von vielen vergangenen Reisen. Sie buchte grundsätzlich nur auf der »Azzuro«, weil es ihr nirgends so gefiel wie auf diesem Schiff. Ihr und Teddy.

Immer, wenn die »Azzuro« in einem Hafen anlegte, wurde an der Reling ein großer Aufsteller mit dem Foto einer besonders schönen Ansicht des jeweiligen Ortes platziert, damit die Passagiere wussten, wo sie sich an dem Tag aufhielten. Heute war es eine Luftaufnahme von Oslo. Frau Rose setzte jeden Morgen, nachdem die »Azzuro« angelegt hatte, Teddy auf das Bild im Aufsteller, machte ein Foto und meinte zufrieden: »Teddy, wir waren hier!« Danach suchte sie sich und Teddy zwei Sonnenliegen auf dem Pooldeck, das an den Tagen, wenn die meisten Urlauber an Land waren, fast menschenleer war.

Es gab noch einige Stammgäste mehr, die das Schiff in kaum einem Hafen verließen, vermutlich weil sie an beinahe allen interessanten Orten dieser Welt schon mehrmals gewesen waren. Doch hatten sie sie gesehen? Frau Rose verließ das Schiff nicht, weil sie es für rausgeschmissenes Geld hielt, an Land zu gehen, und sie lieber ihre Reisekosten an Bord »abwohnte« und jede Mahlzeit im Restaurant »Azzuro« einnahm. Vielleicht gehörte sie zu den Gästen, die täglich vor dem Schlafengehen auflisteten, was sie an Bord kostenlos verzehrt hatten, und diese Summe dann gegen den Preis der Kreuzfahrt aufrechneten, bis er wieder eingespielt war.

Nina kam auf die Rezeption zu. Saskia verstaute eilig die Quittung über den Verkauf des Bildes und ging ihr entgegen. Am Ausgang las ein Sicherheitsoffizier ihre Bordkarten in den Computer ein und wies darauf hin, wann Landgangsende sei.

»Und wie geht es dir heute Morgen?«, fragte Saskia, als sie dicht hinter Nina die Stufen vom Schiff hinab an Land stieg.

»Ich fühle mich von den vielen Drinks noch etwas benommen. Danke, dass ihr so viel spendiert habt!«, antwortete Nina.

Saskia hatte es nicht behagt, dass ihr Mann den Verkauf des Eugen-Kästner-Bildes in großer Runde kundgetan und Nina und auch einige Künstlerkollegen zu Getränken eingeladen hatte. Den Frank Sinatra zum Beispiel, der nicht Frank Sinatra war. Das Tanzpaar. Und Marlene Dietrich, die nicht Marlene Dietrich war.

Irgendwann hatten Saskia und Nina gemeinsam den Toilettenraum aufgesucht. Dort trafen sie auf die angeheiterte Marlene Dietrich, die gerade ihr mit Pailletten besetztes Kleid bis über den Busen hochgerafft und ihre Strumpfhose so weit wie möglich über die Taille gezogen hatte. »Guckt mal, Mädels! Bauchweg-Strumpfhosen, die vollbringen wahre Wunder!«, rief sie.

Saskia wusste, dass die Sängerin ein großes Geheimnis um ihr Alter machte. Siebzig Jahre alt war sie mindestens. Marlene zog die Strumpfhose bis zu den Oberschenkeln herunter und ließ ihren Bauch fallen. »Vorher!«, sagte sie belustigt. Sie zog die Strumpfhose wieder hoch. »Nachher!« Und tatsächlich war ihr Bauch beeindruckend flacher. Saskia und Nina lachten gemeinsam mit Marlene. Dann versuchten alle drei, sich nachzuschminken, wobei sie durch den Seegang, der nach der Show noch erheblich zugenommen hatte und das Schiff erschütterte, mit ihren Wimperntuschen und Lippenstiften abrutschten. Nina stach sich mit dem Kajalstift ins Auge. Die drei angetrunkenen Frauen amüsierten sich noch ausgelassener.

Diese gemeinsamen Minuten mit Nina im Toilettenraum waren die unbeschwertesten, die Saskia seit Langem auf der MS »Azzuro« erlebt hatte. Sie hatte Lust, Nina zu vertrauen. Doch das durfte sie nicht. Sie musste auf der Hut sein – für sich und ihren Mann. Felix hatte Pierre Valet vertraut und tatsächlich geglaubt, er würde ihn niemals verraten. Felix hatte sich getäuscht. Saskia war entschlossen, dafür zu sorgen, dass nie wieder jemand hinter das Geheimnis ihres Mannes kam. Und auch nicht hinter das ihre.

Diese Nina kümmerte sich nur höchst selten um die Frau, als deren Begleitperson sie auf diese Reise mitgekommen war. Weshalb suchte sie Saskias und Felix' Nähe? Auffällig oft lenkte sie das Thema auf die Bilder von Eugen Kästner. Saskia hatte versucht, mit Felix darüber zu reden. Doch der hatte nur gemeint: »Nach der Sache mit Pierre hörst du anscheinend das Gras wachsen, wo gar keines ist.«

Saskia hatte ihn aufgefordert, zurückhaltender gegenüber Nina zu sein.

»Ich glaube, du bist paranoid«, hatte er entgegnet. »Oder eifersüchtig.«

Saskia und Nina schlenderten über die helle Promenade am Hafen, auf der die Café- und Restaurantbesitzer weiße quadratische Sonnenschirme und Segel aufgespannt hatten, weil das Wetter in Oslo ständig zwischen Sonne und Regen abwechselte.

Die Waterfront war gesäumt von durchweg modernen Bauten, in deren unteren Bereichen ein Lokal neben dem anderen lag, in denen auffällig stilvoll gekleidete Geschäftsleute bei Gesprächen saßen. Die Promenade war hier durchgängig mit Holzdielen ausgelegt, die wie Schiffsplanken anmuteten. Auf den Stufen, die hinab ans Wasser führten, sonnten sich Möwen.

Nina hielt das imposante Bild der MS »Azzuro« vor schwarzen Wolken, durch die die Sonne schien, fest. Dabei kam sie ins Schwanken. Das Foto verwackelte.

»Das ist ganz normal«, sagte Saskia lachend. »Wenn man nach einer Weile auf einem Schiff plötzlich wieder festen Boden unter den Füßen hat, dann schwankt man noch eine Zeit lang. Wenn du zurück in Travemünde bist, wird es dir wahrscheinlich noch tagelang so gehen. Komm, ich mache ein schönes Foto von dir!«

Nina stellte sich mit dem Rücken zur »Azzuro« und lächelte für das Bild. Danach lud sie Saskia zum Kaffee in einem edlen Restaurant ein, vor dem ein großes, lächelndes Gesicht, aus Stein gemeißelt, stand. Kaum saßen sie, lenkte Nina das Thema auf das verkaufte Eugen-Kästner-Bild und erkundigte sich nach dessen Herkunft. Für Saskia erneut der Beweis, dass sie diesem Mädchen keineswegs trauen durfte.

32

Felix liebte diese Momente, in denen das Schiff wie menschenleer wirkte. Seine Frau und er hatten sich zwar vorgenommen, während jeder ihrer Reisen in allen Häfen an Land zu gehen, gleichgültig, wie oft sie dort schon waren und ob sie dort etwas Schönes oder Interessantes erwartete, doch manchmal rafften auch sie sich inzwischen nur noch schwer dazu auf, denn wenn sie zum Beispiel in einem eher hässlichen Hafen wie Agadir anlegten, dann wussten sie, dass sie spätestens nach zwei Stunden Landgang erschöpft waren, weil sie ständig von Menschen verfolgt und an den Ärmeln gezogen wurden, die ihnen etwas verkaufen wollten. Während ihres heutigen Landganges würde Saskia es dagegen sehr schön haben. Oslo war eine sehr sehenswerte, moderne Stadt.

Felix wollte an Bord bleiben, um für Nachschub an Eugen-Kästner-Bildern zu sorgen, denn er war fast ausverkauft. Die Genugtuung, die einsetzte, wenn er eines dieser, seiner Bilder verkaufte, hatte nie nachgelassen. Er war zwar bei jedem Verkauf auch etwas nervös, seit Pierre Valet ihm auf die Schliche gekommen war, doch diese Mischung aus Erfolg und Angst war fast genauso reizvoll wie das viele Geld, um das Felix seine Kunden betrog. Es war ziemlich riskant, jetzt hier im Malkursraum, versteckt hinter einem Paravent, Kästners zu malen. Doch Pierre Valet konnte ihm nichts mehr anhaben, und alle anderen hier an Bord kämen niemals auf die Idee, dass Felix Manthei ein Fälscher war. Saskia gegenüber hatte er vorgegeben, sich hier für die nächste Sitzung des Malkurses etwas Neues einfallen zu lassen, damit die Teilnehmer der Entertainmentmanagerin positive Rückmeldungen gaben.

»Ich kümmere mich dann währenddessen um diese Nina«, hatte seine Frau gemeint. Vielleicht war sie seit der Sache mit Pierre Valet etwas paranoid. Pierre hätte ihnen tatsächlich gefährlich werden können, doch nun war er ja tot. Und Felix' und Saskias Leben konnte weitergehen wie zuvor.

Felix mischte ein paar Farben an. Welches Motiv hätte Eugen Kästner noch in einem seiner Bilder verwendet? Felix betrachtete durchs Fenster die schöne Skyline Oslos direkt am Meer unter Wolken, durch die die Sonne schien. War Eugen Kästner jemals in Oslo gewesen? Gleichgültig, denn auf Kästners Bildern war sowieso kaum etwas deutlich zu erkennen. Und schemenhafte Darstellungen von Städten und viel Himmel verkauften sich meistens gut.

Felix begann zu malen. Ohne mit dem Bleistift vorzuzeichnen, so etwas taten seiner Auffassung nach nur Amateure. Außerdem hatte er nicht viel Zeit, denn das Bild musste noch trocknen. Er grundierte das Papier mit wässerigem Blau. Malte mit leichter Hand ein paar historische Häuserfassaden darauf. Plötzlich hörte er die Tür aufgehen. Schritte. Felix hielt den Atem an. Vielleicht wollte nur jemand etwas aus dem Zimmer holen. Vielleicht schaute derjenige nicht hinter den Paravent. Er beugte sich über das nasse Bild, als könne er es so verdecken. Nina war es, die plötzlich an seinen Arbeitstisch im Versteck trat.

Sie starrte auf die fast fertige Gouache, die vor ihm lag.

»Wo ist Saskia?«, fragte Felix, weil ihm nichts Besseres einfiel.

»Noch an Land«, antwortete Nina. »Was malst du da?«

Felix steckte den Pinsel ins Wasserglas, erhob sich, umfasste Ninas Schulter, wandte sich mit ihr vom Tisch ab und schob sie in Richtung Tür. »Ich mache nur etwas für einen Kursteilnehmer fertig.«

Nina blickte sich zum Arbeitstisch um.

»Sieht aus wie von Eugen Kästner.«

»Da kannst du mal sehen, wie weit man es in meinem Kurs bringen kann«, sagte Felix so amüsiert, wie ihm möglich war.

Nina machte sich abrupt los und eilte an den Tisch hinter dem Paravent zurück. Sie setzte sich vor die Arbeit und betrachtete sie.

»Du malst die Kästners selbst«, stellte sie fest.

»Quatsch!«, erwiderte Felix.

Nina blickte ihn fest an.

Er beugte sich zu ihr.

»Du hast offenbar viel Phantasie. Du solltest aufpassen, dass sie nicht mit dir durchgeht.«

»Und du solltest aufpassen, dass du nicht im Knast landest«, erwiderte Nina. »Das ist glatter Betrug!«

Sie stand auf und wollte an ihm vorbei den Raum verlassen.

Felix stellte sich ihr in den Weg.

»Du wirst doch keinen Unsinn über mich verbreiten. Wir wollen doch nicht, dass du wegen Verleumdung drankommst.«

Nina hielt seinem Blick stand.

Er zog sie dicht zu sich heran. Sie roch gut.

»Ich würde dich gern malen, darf ich?«, fragte er.

»Und deine nette Frau? Sie wird gleich hier sein«, entgegnete Nina.

Felix ließ Nina sofort los.

33

Nina hastete in ihre Kabine, streifte die Schuhe von den Füßen und klopfte an die Zwischentür, die zu Monicas Kabine führte. Ohne ein »Herein« abzuwarten, trat sie ein.

Monica lag auf ihrem Bett und wirkte erneut seltsam unbeteiligt. In Nina stieg Ärger auf. Beim Frühstück hatte sie Monica darum gebeten, Felix Manthei zu beobachten, während sie mit Saskia in Oslo unterwegs wäre. Doch Monica hatte dies mit der Begründung abgelehnt, dass sie sich nicht vorstellen konnte, dass Manthei so dumm wäre, an Bord neue Bilder von Eugen Kästner zu malen. Nina hatte es sich zwar ebenfalls nicht vorstellen können, doch sie konnte sich vieles, das Menschen taten, nicht vorstellen. Als sie dann mit Saskia Manthei im Café saß, hatte sie vorgegeben, dass ihr schlecht sei und sie lieber aufs Schiff zurückwolle. Saskia schien ihr das abgenommen zu haben und blieb noch an Land.

Auf dem Rückweg zum Schiff hatte Nina versucht, endlich mit Jan zu telefonieren, doch seine Anwaltsgehilfin teilte ihr mit, dass er gerade in einer Gerichtsverhandlung wäre. Nina war enttäuscht und kündigte an, es später noch einmal zu versuchen. Als sie durch das Kreuzfahrtterminal eilte, sah sie dort überall philippinische Crew-Mitglieder an Laptops sitzen, die das freie WLAN im Hafen nutzten, um über Skype mit ihren Angehörigen in der Heimat zu sprechen. Sie beschloss, das später ebenfalls zu tun. Im Foyer traf sie auf den Kapitän, der sich in seiner Welcome-Show-Uniform mit einer älteren Dame im Abendkleid, mit großem Hut auf dem Kopf und einem Teddy im Arm vor dem Eingang zum Saal fotografieren ließ. Nina eilte in den Malkursraum.

»Ich habe ihn erwischt!«, rief sie nun Monica zu, immer noch aufgeregt über das, was sie soeben mit Felix erlebt hatte.

Monica blickte Nina irritiert an.

»Felix Manthei! Er …«, setzte Nina an.

Monica Anders legte einen Finger an die Lippen und richtete sich auf. »Nicht so laut!«

Nina erzählte hastig, dass sie Felix Manthei beim Malen eines Kästner-Bildes überrascht hatte.

»Und jetzt?«, fragte Monica.

»Jetzt haben wir den Beweis!«, meinte Nina.

»Den hatten wir vorher auch schon«, entgegnete Monica und legte sich im Bett zurück. »Dass der Manthei ein Fälscher ist, das hat doch mein Pierre bereits herausgefunden. Du solltest herausfinden, ob er ein Mörder ist.«

Ninas Verärgerung steigerte sich in Wut. Auf Monica. Oder auf sich selbst.

»Wie willst du jetzt noch etwas über Manthei in Erfahrung bringen, wenn er weiß, dass du über seine Betrügereien im Bilde bist?«, fuhr Monica fort. »Wie wirst du weiterhin vorgehen? Morgen sind wir bereits den dritten Tag an Bord. Du hast nur noch zwei Tage Zeit.«

»Wir sind erst den zweiten Tag an Bord! Und die Reise hat fünf Tage«, meinte Nina ratlos.

»An- und Abreisetage zählen auch als Reisetage. Unsere Zeit hier an Bord ist also fast um«, entgegnete Monica.

Da war es wieder, Ninas Gefühl, etwas falsch gemacht zu haben.

»Ich werde mir etwas überlegen«, sagte sie und ging zurück in ihre Kabine. Dort setzte sie sich auf die Bettkante und stützte das Gesicht in die Hände. Es hatte wieder einmal funktioniert. Wenige Sätze hatten genügt, um in Nina Schuldgefühle auszulösen. Dabei hatte Monica Anders nicht einmal so deutlich werden müssen, wie Ninas Mutter es gern tat: Was hast du denn nun schon wieder gemacht? Was soll das werden? So wird das nie etwas!, und Nina fühlte sich wie als kleines Mädchen, das mal wieder versagt hatte. Manchmal kam es ihr dabei so vor, als wollte Ninas Mutter dadurch nur von etwas ablenken, das sie selbst falsch gemacht hatte. Lenkte Monica Anders ebenfalls von etwas ab?

Seit sie an Bord waren, schien sie sich kaum für die Aufklärung des Mordes an ihrem Mann zu interessieren. Weshalb hatte sie Nina mit auf diese Reise genommen? Hatte Jan vielleicht recht, und Pierre Valet wurde gar nicht umgebracht? Wollte Monica nur nicht allein verreisen? Dafür suchte sie allerdings zu selten Ninas Gesellschaft. Weshalb wirkte sie so unbeteiligt an allem, was Nina tat? Wusste Monica etwas, das Nina nicht wusste? Hatte sie etwas getan, wovon Nina nichts wusste? War Monica es nicht, die den Ort am besten kannte, an den ihr Mann immer zum Bernsteinsammeln ging? Hatte sie ihm vielleicht sogar die tödliche Falle gestellt? Welches Motiv hätte sie dafür haben können? Das Geld aus einer Lebensversicherung, mit dem sie jetzt Kreuzfahrten unternehmen konnte?

Absurd, dachte Nina, ich sollte mich endlich auf meinen Job konzentrieren. Einen guten Plan entwickeln, um den Auftrag zu erfüllen, den Mörder Pierre Valets zu überführen. Sie sollte sich endlich nicht mehr von der Atmosphäre auf diesem wunderschönen Schiff ablenken lassen. Dieser Welt, die anmutete, als könnte niemand zu etwas Hinterhältigem fähig sein. Auch Felix Manthei nicht. Nina wusste doch längst, dass man den meisten Menschen das Böse nicht anmerkte. Dass das Böse nicht böse aussah.

Doch Felix Manthei war bewiesenermaßen ein Fälscher und sicherlich auch zu anderen Verbrechen fähig. Monica Anders zahlte Nina eine Menge Geld dafür, dass sie es herausfand. Konnte Felix Manthei jetzt auch Nina gefährlich werden, weil sie ihn vorhin erwischt hatte? Oder glaubte er immer noch, sie wäre nur eine dumme kleine Pflegerin, die nicht das Zeug dazu hatte, ihm zu schaden?

Noch lag die »Azzuro« in Oslo. Noch konnte Nina Jan anrufen. Seine Stimme hören. Einen guten Rat von ihm einholen. Wenn sie ihm allerdings erzählte, dass sie den Galeristen beim Fälschen ertappt hatte, dann würde er ihr vermutlich nur eines raten: »Verlass sofort das Schiff und komm zurück!«

Noch konnte Nina aussteigen. Doch wollte sie das?

Nina erhob sich vom Bett.

Dabei entdeckte sie ihn. Den Brief, den jemand unter ihrer Kabinentür hindurchgeschoben hatte.

34

2. Juli 2014

Liebe Nina,

jahrelang formulierte ich in Gedanken immer wieder Briefe an dich. Jetzt schreibe ich dir endlich tatsächlich und weiß immer noch nicht recht, wie ich anfangen soll. Wie ich dir erklären soll, dass es dein Vater ist, der dir hier schreibt. Für dich bin ich schon lange tot, und du hast mich sicherlich längst vergessen. Ich habe dich nicht vergessen.
Wenn wir über die vielen Jahre manchmal mit dem Schiff in Travemünde lagen, hielt ich nach dir Ausschau. Ich habe dich heimlich beobachtet, als du noch ein Kind warst, später auch, als junges Mädchen. Dann verlor ich dich längere Zeit aus den Augen. Deine Mutter lebte nur noch allein im Haus am Kirchplatz. Im vergangenen Jahr bist du mir dann plötzlich während der Travemünder Woche beinahe in die Arme gelaufen. Du hast es in der großen Menschenmenge nicht bemerkt, für mich war dies der Augenblick, an dem ich beschloss, mich endlich bei dir zu melden. Doch seither ist nun schon wieder ein Jahr vergangen.
Ich weiß, dass ich dir mit diesem Brief vielleicht etwas Furchtbares antue. So wie ich es damals tat, als ich euch verließ. Deine Mutter und dich. Trotzdem möchte ich es wagen, dich von ganzem Herzen zu bitten, dich mit mir zu treffen.
Ich werde heute Abend nach der Show draußen auf Deck 5, backbord, sein und dort auf dich warten. Ich würde mich sehr freuen, wenn du kämst. Solltest du das nicht wollen, würde ich es gut verstehen. Dann verspreche ich dir, dich für immer in Ruhe zu lassen.

Dein Vater

35

Nina starrte auf das Papier in ihrer Hand. Die Zeilen verschwammen vor ihren Augen. Sie sackte in die Knie, lehnte sich mit dem Rücken an die Tür und fasste sich auf die Brust. Ihr Atem versagte. Sie wollte nach jemandem rufen, doch sie wusste nicht, nach wem.

Als der Anker mit lautem Rasseln eingezogen wurde, erschütterte es ihre Kabine. Kurz darauf erklang die Auslaufmelodie »Song of Azure«. Nina erhob sich und tastete sich an der Wand entlang auf den Balkon.

Sie schaute auf das immer kleiner werdende Oslo. Ihr Herz und ihr linker Arm schmerzten. Ihre Knie versagten erneut.

Monica Anders schleifte sie irgendwann aufs Bett. Nina zeigte auf den Brief, der noch an der Tür lag. Während Monica ihn las, hielt Nina den Kopf abgewandt, den Blick starr auf eine Wand gerichtet.

»Wow«, sagte Monica leise, faltete das Papier vorsichtig zusammen und legte es auf den Nachttisch. Sie entnahm dem Kühlschrank ein Fläschchen Cognac, goss ein Glas voll, hob Ninas Kopf an und flößte ihr das Zeug ein. Danach griff Monica zum Hörer des Telefons und bestellte Abendessen auf die Kabine. Sie saß schweigend bei Nina und hielt deren Hand, bis die Kabinenstewardess das Tablett mit den Speisen brachte. Monica nahm es ihr in der Tür ab und wies sie an, an diesem Abend auf das Putzen in Ninas Kabine zu verzichten.

»Du musst essen!«, verlangte Monica von Nina.

Nina biss die Lippen zusammen.

Monica belegte zwei kleine Scheiben Baguette mit Schinken, schnitt Käse in kleine Würfel und hielt Nina einen ersten Happen an den Mund.

»Iss bitte!«

Nina gehorchte schließlich.

»Wirst du hingehen?«, fragte Monica.

Nina begann zu weinen.

Irgendwann erzählte sie der fremden Frau an ihrem Bett die Geschichte – ihre Vater-Mutter-Nina-Geschichte. Zwischendurch stockte sie immer wieder und trank gemeinsam mit Monica, was sie in ihren Minibars vorfanden.

Nina erzählte, dass ihr Vater, als sie fünf Jahre alt war, mit seinem kleinen Fischerboot, das »Nina« hieß, in die Lübecker Bucht hinausfuhr und nicht wiederkam. Dass ihre Mutter ihr beibrachte, dass er tot sei. Bereits kurz nach seinem »Tod« hätte in Ninas Elternhaus nichts mehr an ihn erinnert. Nina hatte lange geglaubt, dass ihre Mutter alle Fotos und anderen Erinnerungsstücke vernichtet hatte, damit sie und ihre Tochter den Schmerz über den Verlust des Vaters leichter verkrafteten. Irgendwann hatte sie tatsächlich aufgehört, nach ihm zu fragen. Aus Mutter, Vater und Nina wurden Mutter und Nina. So blieb es dann circa dreißig Jahre lang. Bis ihr Vater vor zwei oder drei Jahren plötzlich in ihren Träumen auftauchte. Bis Nina sich einbildete, ihm in Travemünde begegnet zu sein. Sie fragte ihre Mutter nach einem Foto des Vaters. Erst nach einem Streit bekam sie es.

»Manchmal hatte ich Angst, dass ich verrückt werde«, sagte Nina. »Jetzt weiß ich, dass ich mir nichts eingebildet habe.«

Sie richtete sich auf und holte das Foto aus ihrem Portemonnaie hervor. Mutter, Vater und Nina – vor über dreißig Jahren. Sie reichte es Monica.

»Schön seht ihr aus«, meinte die. »Glücklich. Weißt du denn, wie er jetzt aussieht? Bist du ihm hier an Bord schon begegnet?«

Nina nickte. »Es ist der Mann am Spot. Der Techniker.«

»Was ist denn passiert, wenn er nicht mit seinem Boot gekentert und ertrunken ist?«, fragte Monica.

»Er hat uns verlassen, was sonst! Ist Zigaretten holen gegangen und nicht wiedergekommen …«

Monica strich Nina über den Arm.

»Es tut mir sehr leid. Möchtest du vielleicht deine Mutter anrufen? Gleichgültig, wie viel es über Satellit kostet, ich übernehme das.«

Nina lehnte vehement ab. Wenn sie etwas nicht wollte, dann war es, ihre Mutter anzurufen. Die war doch daran schuld, dass Nina jetzt hier saß und damit konfrontiert wurde, dass ihr Vater noch lebte. Ihre Mutter hatte das garantiert die ganze Zeit gewusst und über dreißig Jahre lang gelogen. Sie hatte ihre Tochter in einer der schlimmsten Lebenslügen aufwachsen lassen: mit einem Vater, der angeblich zu Tode gekommen war. Dabei hatte er »nur« die Familie verlassen.

»Oder möchtest du deinen Freund anrufen?«, fragte Monica.

Ja, das würde Nina gern tun. Doch wie konnte Jan ihr jetzt helfen? Er war in Travemünde. Nina hier auf diesem Schiff. Zwei weitere Seetage vor sich. Wie sollte sie Jan am Telefon erklären, was hier gerade vor sich ging? Sie hatte mit ihm so gut wie nie über ihren Vater gesprochen. Und Jan hatte sie niemals nach ihm gefragt. Als Travemünder wusste er aber vom Hörensagen einiges über Ninas Vater-Mutter-Nina-Geschichte. Kurz nach dem Abitur waren Jan und Nina zum ersten Mal ein Paar gewesen. Nina wusste seit damals, dass er wie alle Einheimischen annahm, Ninas Vater sei ums Leben gekommen. Und dass Ninas Mutter nach seinem Tod keine Mühen scheute, für sich und ihre Tochter zu sorgen – mit ihrer Arbeit in dem kleinen Laden an der Strandpromenade für Eis, Getränke und Strandspielzeug und ihren Putzjobs in der Maritim-Residenz. Bis Nina schließlich erwachsen geworden und zum Studium nach Hamburg gezogen war, wo sie als Übersetzerin arbeitete. Bis Nina nach Travemünde zurückkehrte, um ihrer Mutter zu helfen. Das war inzwischen über drei Jahre her. In dieser Zeit waren Nina und Jan wieder zusammengekommen, nach über fünfzehn Jahren, in denen sie sich aus den Augen verloren hatten.

Es würde gut zur Mutter passen, dass sie sich niemals eingestehen wollte, dass ihr Mann sie verlassen hatte, dachte Nina. Dass ihre Mutter stattdessen lieber vorgab, er sei auf der Ostsee mit dem Boot gekentert und ertrunken. So war sie nicht schuld daran, dass sie verlassen wurde. Für Ninas Mutter waren immer andere schuld. Oder könnte es doch sein, dass sie keine Ahnung hatte, dass ihr Mann noch lebte?

Wie oft hatte sie gemeinsam mit Nina Blumen am Brodtener Ufer niedergelegt, am großen Stein mit der Aufschrift: »Zum Gedenken an die Verstorbenen, die in der Lübecker Bucht ihre ewige Ruhe fanden.« Welch ein Hohn, dachte Nina.

Sie erhob sich und torkelte, vom Seegang oder den Schnäpsen, die sie in kurzer Zeit getrunken hatte, zur Minibar.

»Nein, ich möchte jetzt nicht telefonieren! Und ich will diesen Typen, der mein Vater sein soll, auch nicht treffen. Jetzt braucht er auch nicht mehr anzukommen!«

Sie hockte sich vor die Minibar, nahm eine kleine Flasche Weißwein hervor und öffnete sie.

»Pass auf, dass dir nicht schlecht wird«, meinte Monica.

Nina lachte auf. »Mir ist schon schlecht! Aber keine Sorge, ich mache mich gleich wieder an die Arbeit, wegen der ich eigentlich hier bin!«

Eine Welle erschütterte das Schiff. Nina fiel in einen Sessel. Wein schwappte aus dem vollen Glas.

»Ich muss endlich herausfinden, ob Felix Manthei in Travemünde unterwegs war, bevor deinem Mann das passiert ist. Und ob er an weißen Phosphor herankommt. Wenn wir das wüssten, dann wären wir ein Stück weiter. Ich hoffe nur, er macht mir keinen Ärger, weil ich ihn beim Fälschen überrascht habe.«

»Pass bloß auf. Der schreckt vor nichts zurück«, meinte Monica.

Nina spürte keine Angst. Was konnte ihr noch Schlimmeres passieren als der Brief ihres Vaters und die Lüge ihrer Mutter?

»Der Manthei, der wird mir nichts tun. Vor deinem Pierre musste er Angst haben, denn der war ein Kunstexperte. Ich bin nur eine kleine Krankenpflegerin. Der hält mich für zu blöd, um ihm schaden zu können.«

»Bist du denn gar nicht neugierig?«, fragte Monica.

»Doch! Habe ich doch gerade gesagt!«

»Auf deinen Vater, meine ich«, erwiderte Monica.

Nina blickte sie an und schüttelte den Kopf. Erneut kamen ihr die Tränen.

»Und du bist ganz sicher, dass du nachher nicht zu dem Treffpunkt gehen wirst, den er vorgeschlagen hat?«, fragte Monica.

»Ganz sicher!«, antwortete Nina.

36

Planänderung: Ich werde die Sache heute durchziehen. Nicht morgen, sondern heute nach der Show.

Niemand vermutet, was ich vorhabe. Alle sind zu sehr mit sich selbst beschäftigt.

Es wird wie ein Selbstmord aussehen.

Niemand wird darauf kommen, dass ich dafür gesorgt habe, dass sie verschwindet.

Für immer.

37

»Wir treffen uns in der Bar«, flüsterte Saskia Manthei ihrem Mann vor Ende der Show zu und schlich aus dem Saal. Sie wusste, dass die Entertainmentmanagerin es nicht gern sah, wenn Künstler die Auftritte ihrer Kollegen eher verließen. »Frank Sinatra« machte seine Sache gerade sehr gut. Wenn man die Augen schloss, konnte man annehmen, dort auf der Bühne sänge der echte.

Saskia hastete die Treppen zu dem Deck, auf dem ihre Kabine lag, hinauf. Während der Show hatte sie vergeblich nach Nina Ausschau gehalten. Diese Monica, die sie angeblich begleitete, hatte allein im Saal gesessen. Saskia musste eiligst herausfinden, wer Nina wirklich war. Hatte sie die Übelkeit in Oslo nur vorgegeben, um allein aufs Schiff zurückzukehren und Felix auszuspionieren? Felix glaubte tatsächlich, dass er nach Ninas unverhofftem Besuch im Malkursraum nichts zu befürchten hätte. Dass ihm seit Pierre Valets Tod niemand mehr gefährlich werden konnte. Saskia hielt das für einfältig. Litt ihr Mann inzwischen unter einer Wahrnehmungsstörung? Oder war es nur seine typische Selbstgefälligkeit, die Saskia dazu zwang, wieder einmal auf ihren Mann und sich aufzupassen?

In der Kabine suchte sie hastig eines ihrer eigenen, eher wertlosen Bilder hervor. Sie schrieb auf die Rückseite »Für Nina! In Erinnerung an eine schöne Reise – von Saskia.« und wickelte das kleine Aquarell vorsichtig in seidenes Papier, das sie noch von einem Schuhkauf während irgendeines Landgangs in einem Karton fand. Danach eilte sie den Flur entlang. Noch waren die Kabinenstewardessen damit beschäftigt, zur Nacht die Betten der Gäste aufzuschlagen. Saskia klopfte an Ninas Tür. Sie hatte sich überlegt, Nina mit dem Bildgeschenk zu überraschen, darüber mit ihr ins Gespräch zu kommen und sich dabei unauffällig in ihrer Kabine umzusehen. Doch Nina war nicht dort. Wo war sie? Was hatte sie jetzt gerade wieder vor?

Saskia eilte in den Malkursraum im obersten Deck. Auch dort

traf sie Nina nicht an. Sie versuchte es noch einmal an Ninas Tür. Vielleicht war sie nur in ihrer Kabine eingeschlafen?

»Hallo Madame, die Dame will nicht gestört werden. Ist seekrank«, sagte das ukrainische Zimmermädchen, das für diesen Flur zuständig war.

Saskia setzte eine bedauernde Miene auf. »Ich weiß. Sie tut mir sehr leid. Ich möchte ihr gute Besserung wünschen und habe ein Geschenk für sie. Machen Sie mir bitte kurz auf?«

Die Zimmerstewardess blickte abwechselnd auf das Geschenk in Saskias Hand und in deren Gesicht. Sie durfte keinem Fremden die Kabine eines Passagiers öffnen. Doch Saskia war keine Fremde, sie kannte sie von vielen Reisen und hatte währenddessen auch schon häufiger die Kabine der Mantheis geputzt und jedes Mal sehr viel Trinkgeld dafür erhalten.

Nun mach schon!, dachte Saskia, löste vorsichtig das Papier von dem Aquarell und zeigte auf die Widmung. »Es soll eine Überraschung werden.«

Das Zimmermädchen nickte und öffnete vorsichtig die Tür.

Saskia fiel endlich ihr Name wieder ein. »Danke, Olga! Ich revanchiere mich«, flüsterte sie und schlüpfte durch den Türspalt.

Die Kabine war leer. Saskia schmiss das Bild auf Ninas Bett und durchsuchte hastig die Schubladen des Schreibtisches. Nichts. Sie schaute in den Kleiderschrank. Nichts. Sie blickte durch den offenen Spalt der Verbindungstür zur Nachbarkabine. Befanden sich dort vielleicht Unterlagen, die Saskia und Felix gefährlich werden könnten? Steckten die beiden Frauen möglicherweise sogar unter einer Decke?

Plötzlich hörte Saskia Monica Anders auf dem Flur mit dem Zimmermädchen sprechen. Sie eilte zurück in Ninas Kabine, um sie zu verlassen. Dabei stolperte sie über einen Trolley, der im engen Gang zwischen Kleiderschrank und Badezimmer stand. Aus der Seitentasche lugte eine Mappe. Saskia zog sie heraus und öffnete sie. »Felix Manthei« stand auf dem obersten Blatt. Saskia stopfte die Mappe unter ihren Blazer. Im selben Augenblick, als in der Tür nebenan das Schloss ging, verließ Saskia Ninas Kabine.

38

Wenn Nina zu viel getrunken hatte, fühlte sie sich meistens trotzdem nüchtern und ziemlich mutig. Doch heute spürte sie keinen Mut. Seit Minuten versteckte sie sich hinter einem Rettungsboot und war überzeugt, nur heimlich beobachten zu wollen, ob ihr Vater tatsächlich zum Treffpunkt kam.

Der Mond schien voll vom sternenklaren Himmel und bildete eine silberfarbene Bahn, die vom Schiff aus über die schwarze Wassermasse bis zum Horizont reichte. Immer wieder blitzten im Dunkeln Schaumkronen auf. Der Schiffskörper knarrte bedrohlich. Das war das Geräusch, das Nina am meisten beängstigte. Nicht die Wellen, die gegen die »Azzuro« schlugen, nicht das regelmäßige, kurz aufeinanderfolgende Aufschlagen des Schiffsbugs auf die raue See, sondern dieses Quietschen und Knarren im Schiffsrumpf, das sich so anhörte, als könnte die »Azzuro« durch die Gewalt des Wassers in Stücke gerissen werden. Vielleicht, überlegte Nina, wäre es von Vorteil, einen Techniker an Bord zu kennen, wenn es zum Äußersten käme. War es Schicksal, dass Nina ihrem Vater nach so langer Zeit ausgerechnet an Bord der MS »Azzuro« wieder begegnete?

Manfred Wagner trat aus dem Schiffsinneren auf das Außendeck und blickte sich suchend um. Nina wich noch weiter hinter den Tender zurück. Ihr Vater stellte sich an den Aschenbecher, der neben der Tür unter einer flackernden Deckenleuchte stand, und zündete sich eine Zigarette an. Er holte mit einem Arm aus und schlug gegen die Neonröhre in der Lampe über sich. Danach flackerte sie nicht mehr. Der Mann, der dort stand, sah nicht mehr aus wie der auf dem Foto von Mutter-Vater-Nina. Wie könnte er auch, nach über dreißig Jahren?

Nina erinnerte sich nicht mehr an den Tag, als sie ihren Vater das letzte Mal sah. Sie bildete sich manchmal ein, dass es während eines gemeinsamen Frühstücks war, doch das war wahrscheinlich Unsinn, denn frühmorgens war der Vater immer bereits seit Stunden mit seinem kleinen Boot auf der Ostsee unterwegs, um Fische zu fangen, die er im Anschluss im Travemünder Hafen verkaufte. Vielleicht war es ein gemeinsames Abendbrot gewesen, nach dem Manfred Wagner seiner Tochter noch eine selbst erfundene Geschichte über einen kleinen bunten Fisch, der sich gegenüber einem Meeresungeheuer behauptete, erzählte, während er neben ihr im Bett lag und dabei mit den Füßen zuckte. Das tat er oft, erinnerte sich Nina. Er war ein sehr ruhiger Mann, doch er konnte die Füße nicht still halten. Nina drückte dann manchmal ihren Fuß sacht gegen ein Schienbein ihres Vaters. Er hörte dann sofort auf zu zappeln.

Hatte der Vater ihr an diesem letzten gemeinsamen Abend mit einem »Gute Nacht« eine blonde Strähne aus dem Gesicht gestreift und sie auf die Stirn geküsst? Eine seiner Gesten, dic sie als Kind sehr geliebt hatte und sich jetzt von diesem Mann, der dort hastig rauchend unter der Neonlampe stand, nicht vorstellen konnte. Manfred Wagner war klein und hager. Doch er war es – ihr Vater. Er war ihr fremder als der Vater in ihren Erinnerungen. Nina sollte ihn lieber nicht treffen. Oder es schnell hinter sich bringen? Sie dachte dabei nur an sich. Doch ihr Vater hatte auch nur an sich gedacht, als er tat, was er tat. Genauso wie Ninas Mutter. Was war zwischen Marianne und Manfred Wagner vorgefallen, das dazu führte, dass der Vater am frühen Morgen in sein Boot stieg und nicht wiederkehrte? War es seine alleinige Entscheidung gewesen? Oder war es ein abgekartetes Spiel von Ninas Eltern? Trug Marianne Wagner vielleicht sogar Schuld daran, dass sich ihr Mann auf diese Weise aus dem Staub machte? Welchen Grund könnte es dafür geben? Eine Lebensversicherung? Soviel Nina wusste, hatte ihr Vater keine gehabt. Geld war nach dem »Unfalltod« des Vaters noch knapper gewesen als zuvor.

Sie wagte einen Schritt aus ihrem Versteck hervor. In diesem Augenblick wurde die Tür zum Außendeck geöffnet. Die Entertainmentmanagerin gesellte sich zu Manfred Wagner und ließ sich von ihm Feuer geben. Nina wich wieder zurück. Marion Randow redete irgendetwas mit Ninas Vater und drückte nach drei Zügen ihre Zigarette aus. Jetzt entdeckte Nina auch Monica, die sich hinter einem anderen Rettungsboot versteckt hielt und wie paralysiert die Entertainmentmanagerin beobachtete. Kaum verschwand Marion Randow wieder im Inneren des Schiffes, verließ auch Monica ihren Platz.

Ninas Vater schaute auf seine Uhr und sah sich dann nach allen Seiten um. Er trat an die Reling, umfasste mit ausgestreckten Armen die obere Planke und hielt sein Gesicht in den Wind. Sein Haar zerzauste. Nina trat langsam auf ihn zu.

Sie blickten sich beide lange in die Augen. Als sie im selben Moment zu reden ansetzen wollten, verschlug ihnen der Sturm die Sprache. Das seidene Tuch, das Nina um die Schultern trug, flatterte hoch, löste sich und flog davon. Ihr Vater griff es im letzten Moment. Nina und er mussten lachen. Sie eilten unter das Dach an der Tür.

»Wollen wir uns einen ruhigeren Ort suchen?«, fragte Ninas Vater und hielt ihr die Tür ins Innere der MS »Azzuro« auf.

39

Nina strich sich die vom Wind zerzausten Haare aus dem Gesicht, dabei bemerkte sie, dass ihre Hände zitterten.

»Ich würde gern irgendwohin gehen, wo wir etwas trinken können«, sagte sie.

»Ich darf an den öffentlichen Bars leider nichts trinken«, antwortete ihr Vater. »Und in die Crew-Bar darf ich dich nicht mitnehmen.«

Weshalb hatte er sich vor dem Treffen mit ihr keine Gedanken darüber gemacht, wohin er sich mit ihr zum Reden zurückziehen könnte? Hatte er nicht damit gerechnet, dass Nina erscheinen würde? Oder war es ihm gleichgültig, dass sie gekommen war? Glaubte er etwa, Nina lud ihn in ihre Kabine ein? Das wäre ihr zu viel der Nähe nach dreißig Jahren.

»In meine Kabine können wir leider auch nicht gehen«, behauptete sie eilig. »Ich wohne dort nicht allein.«

»Nein, nein«, wehrte Manfred Wagner ab. »Da dürfte ich sowieso nicht hin. Außer, es läge ein Notfall vor oder es wäre irgendetwas Technisches defekt, wie zum Beispiel der Tresor oder der Feuermelder.«

Nina trat auf dem dicken Teppich im Flur von einem Fuß auf den anderen. »Und nun?«

»Komm mit!«, sagte Manfred Wagner.

Nina ging dem Mann im azurblauen Overall, dessen Rücken das Logo der MS »Azzuro« zierte, nach. Ihrem Vater. Worüber sollten sie gleich miteinander reden? Wollte er mal eben die ganze Geschichte seines Verschwindens abhandeln? Sollte Nina dann so tun, als wäre alles nicht so schlimm gewesen? Und ihm dann verzeihen? Nach dreißig Jahren. Heute. Gleich.

»Warte!«, sagte sie. »Mir fällt gerade ein, dass ich gehen muss. Die Frau, die ich begleite, braucht mich. Wir beide unterhalten uns vielleicht ein anderes Mal.«

Manfred Wagner kam einen Schritt auf sie zu.

»Nina, ich habe mich so sehr auf dich gefreut.« Er berührte sie am Arm. »Bitte, lass uns reden!«

Nina zog ihren Arm weg. »Nein! Das geht so nicht! Auf einmal, nach der langen Zeit. Ich muss jetzt los. Ich habe hier noch anderes zu tun«, sagte sie und ärgerte sich, dass ihr dabei die Tränen kamen.

Manfred Wagner wich nicht von der Stelle.

»Ich würde dich so gern kennenlernen. Vielleicht kann ich dir dann auch irgendwann erklären, was damals passiert ist. Und weshalb …«

»Es ist nicht passiert. Du hast es getan!«, wurde Nina laut und wischte sich mit dem Handrücken über die Augen. Dabei verrieb sie die Schminke in ihrem Gesicht. Ihr Vater bot ihr ein Taschentuch an. Sie nahm es nicht.

»Ich weiß, was du für den Anfang für mich tun könntest«, meinte Nina trotzig.

»Was? Ich tue es!«, sagte Manfred Wagner.

»Um sechzehn Uhr ist immer der Malkurs der Mantheis. Wir treffen uns morgen um diese Zeit vor deren Kabine, und du schließt sie mir auf.«

Ihr Vater wich zurück. »Das darf ich nicht!«

»Du durftest vieles nicht. Und hast es trotzdem getan. Morgen Punkt sechzehn Uhr treffen wir uns vor Mantheis Kabine! 723. Oder wir haben uns wirklich das letzte Mal gesehen«, erwiderte sie, wandte sich ab und ließ ihren Vater allein zurück.

40

Der DJ hatte gerade »Fresh« von Kool and the Gang aufgelegt. Die kleine Tanzfläche war voller ausgelassener Gäste. Dazwischen das Tanzpaar, das noch die edlen Kostüme trug, in dem es das Frank-Sinatra-Double in der Show tänzerisch umrahmt hatte.

Die Mantheis saßen an der Bar. Felix winkte Nina irritierend freudig zu seiner Frau und sich heran. Nina musste plötzlich an das Märchen »Rotkäppchen« denken. War Felix Manthei der böse Wolf? Und sie das dumme kleine Mädchen, das auf seine Nettigkeit hereinfiel und dabei beinahe ums Leben kam?

»Schön, dass es dir wieder besser geht! Was möchtest du trinken?«, sagte Saskia und wirkte ebenfalls keineswegs misstrauisch.

Nina drängte sich am überfüllten Tresen zwischen die beiden. Sie blickte auf die frisch servierten Cocktails, die vor den Mantheis standen.

»Ich nehme gern das Gleiche«, sagte sie, ohne zu wissen, was in den Gläsern war.

Felix reichte ihr sein Getränk und orderte beim Barkeeper ein weiteres für sich.

Nina trank einen Schluck, dabei kam ihr eine Idee.

»Ich muss leider gleich noch mal nach Monica sehen, es geht ihr heute Abend nicht gut. Haltet ihr mir bitte den Platz so lange frei?«

»Kein Problem«, meinte Saskia, jetzt doch etwas argwöhnisch. Nina setzte zu einer entschuldigenden Erklärung an, doch es wurde gerade »Auf allen vieren ins Glück« von Ricci Bell gespielt, und alle Gäste sangen den Refrain laut mit.

»Ich beeile mich!«, rief Nina den Mantheis zu und eilte aus der Bar.

Durch das Bullauge in der Tür, die aufs Außendeck der fünften Etage führte, entdeckte sie ihren Vater, der gedankenverloren in der Raucherecke an der Wand lehnte. Nina stieß die Tür mit Wucht gegen den starken Wind auf. Manfred Wagner tat lächelnd einen Schritt auf sie zu. Er glaubte wohl, Nina hätte es sich anders überlegt. Als er etwas sagen wollte, kam sie ihm zuvor.

»Wir sollten es jetzt gleich machen! Die Mantheis sind in der Bar. Ich werde sie dort aufhalten. Du gehst in ihre Kabine und durchsuchst sie. Wenn jemand auftaucht, sagst du, dass der Rauchmelder angesprungen ist und du ihn reparieren musst. Irgend so etwas. Dir wird schon etwas einfallen. Du hast doch einen Generalschlüssel, oder?«

Ihr Vater starrte sie an.

»Hast du oder hast du nicht?«, rief Nina gegen den Sturm an.

Er blickte sich nach allen Seiten um. »Ich kann das nicht machen! Wenn ich dabei erwischt würde, dann käme ich auf kein Schiff dieser Welt mehr, dann bin ich überall verbrannt!«

»Nicht, wenn du einen Rauchmelder reparierst und dabei kontrollierst, ob jemand etwas mit an Bord gebracht hat, womit er Feuer legen könnte. Ihr sagt doch immer in eurer Sicherheitsübung, dass Kerzen und Tauchsieder auf den Kabinen verboten seien.«

»Haben denn die Mantheis so etwas mit an Bord gebracht?«, fragte Manfred Wagner ungläubig.

Nina nahm ihm die Zigarette aus der Hand, zog daran, dann gab sie sie ihm zurück.

»Nein, aber vielleicht weißen Phosphor! Sieht aus wie Bernstein, ist aber kein Bernstein. Entzündet sich, wenn er mit Sauerstoff in Verbindung kommt …«

Manfred Wagner trat noch näher an Nina heran.

»Was redest du denn da? Ich weiß, was weißer Phosphor ist! Weshalb sollten die denn so etwas mit an Bord gebracht haben?«

»Das werde ich dir alles später erklären! Ich muss jetzt wieder hoch in die Bar, sonst schöpfen sie Verdacht. Also machst du es, oder machst du es nicht?«

Manfred Wagner antwortete nicht.

Nina griff nach der Klinke und konnte die Tür gegen den Wind nicht öffnen. Ihr Vater kam ihr zu Hilfe.

»Wenn ich etwas bei denen auf der Kabine finde, dann werde ich es melden, weil sie die Sicherheit aller Passagiere gefährdet haben«, sagte er.

»Zuerst informierst du mich!«, verlangte Nina. »Und fass das Zeug nicht an, damit dir nichts passiert!«

41

Nachdem der DJ »Get Lucky« von Daft Punk aufgelegt hatte, drängten noch mehr Gäste auf die Tanzfläche. Saskia griff Ninas Hand und zog sie mit sich. Felix schaute den beiden tanzenden Frauen zu und schien sich zu freuen, dass sie Spaß hatten. Nina winkte ihm zu, er solle ebenfalls kommen. Er wehrte lächelnd ab und bestellte eine weitere Runde beim Barkeeper.

Besser könnte es nicht laufen, dachte Nina. Die Mantheis würden auf keinen Fall in der nächsten halben Stunde die Bar verlassen. Länger würde ihr Vater nicht für die Durchsuchung der Kabine benötigen.

Doch wie würde Nina vorgehen, wenn er tatsächlich weißen Phosphor bei Felix Manthei fand? Und wie, wenn er nichts fand? War es dann vielleicht doch ein tragischer Unfall gewesen, durch den Pierre Valet zu Tode kam?

Nina spürte, dass es sie erleichtern würde, wenn Monica Anders sich nur in eine absurde Idee verrannt hatte. Sie würde es der trauernden Witwe nicht übel nehmen. Wo war Monica jetzt gerade? Weshalb interessierte sie sich so wenig für Ninas Nachforschungen?

Obwohl Nina und Saskia eng beieinander tanzten, wurden sie immer wieder von anderen Feiernden angerempelt. Saskia kam noch näher an Nina heran und griff nach ihren Händen. Sie tanzten miteinander, als wären sie Freundinnen.

Der DJ legte »Thriller« von Michael Jackson auf. Die Tanzenden legten sich noch mehr ins Zeug. Nina war außer Atem und wollte am liebsten zurück an die Bar, doch Saskia fasste immer wieder an die Taschen ihres Blazers und hielt sie zurück.

Als ein älterer Mann Nina antanzte, wippte Saskia im Rhythmus der Musik zu ihrem Mann an den Tresen zurück. Dort zündete sie sich eine Zigarette an, ohne Nina aus den Augen zu lassen.

Manfred Wagner erschien in der Tür zur Bar.

Nina blickte ihn fragend an. Er nickte.

Im nächsten Augenblick spürte Nina einen stechenden Schmerz in der Lendengegend. Eine Sekunde später ging ihre Jacke in Flammen auf.

42

Der Bordarzt behandelte die tiefe Brandwunde in Ninas Oberschenkel, noch bevor das Schmerzmittel, das er ihr gespritzt hatte, richtig zu wirken begonnen hatte.

Der Barkeeper hatte sofort ihn und einen Sicherheitsoffizier alarmiert, als Nina in Flammen mit einem fürchterlichen Schrei zu Boden gegangen war. Manfred Wagner hatte eine Decke über seine Tochter geworfen und sich auf sie gepresst. Die Tanzenden blieben wie erstarrt stehen. Nina erinnerte sich noch daran, dass der DJ gerade »I Will Survive« von Gloria Gaynor aufgelegt hatte. Vielleicht glaubten manche Gäste der Bar zunächst noch, die Flamme, die aus Ninas Jacke schoss, sei ein Show-Effekt.

»Das Lied scheint ja wirklich Rettung zu bringen«, meinte der Bordarzt. Um Nina von den Schmerzen abzulenken, erzählte er, dass Gloria Gaynor angeblich mal als Künstlerin an Bord irgendeines Schiffes gewesen war, das mehrere sehr kleine und unbewohnte Inseln im Indischen Ozean angefahren hatte. Manche davon so klein, dass das Schiff im offenen Meer ankern und die Gäste nur mit Zodiacs an Land gebracht werden konnten. Gloria Gaynor blieb auf einer dieser Inseln, bis die Dunkelheit hereinbrach. Als der Bootsführer sie zum Schiff zurückbringen wollte, fuhr er mit dem Zodiac auf eine Sandbank auf. Dort saß er dann über Stunden mit der Sängerin fest. Unterm funkelnden Sternenhimmel lag weit weg das festlich beleuchtete Kreuzfahrtschiff, auf dem alle anderen Gäste längst beim Dinner waren. Gloria Gaynor soll angeblich irgendwann »I Will Survive« gesungen haben, immer wieder, bis sie endlich an Bord vermisst, nach ihr gesucht und sie gerettet wurde.

Nina lächelte schwach. Sie glaubte dem Arzt kein Wort. Er klebte ihr einen Verband auf.

»Auch Sie hat ›I Will Survive‹ gerettet«, fuhr der Bordarzt fort. »Und unser Techniker, Herr Wagner, natürlich, der glücklicherweise in der Nähe war und genau wusste, was bei brennendem

Phosphor zu tun ist. Lustiger Zufall, dass Sie beide denselben Nachnamen tragen.«

Nina blickte zu ihrem Vater und sagte leise: »Danke.«

Sie versuchte, sich aufzurichten. Der Arzt drückte sie auf die unbequeme Pritsche zurück.

»Schön liegen bleiben! Ich werde Sie bis morgen zur Beobachtung hierbehalten.«

»Das ist nicht nötig«, widersprach Nina. »Ich reise nicht allein. Ich kann regelmäßig zu Ihnen zur Kontrolle kommen. Ist ja nicht weit ...«

»Ich werde auf sie aufpassen«, bot Manfred Wagner dem Arzt an.

Der willigte schließlich ein. Er gab den beiden mit auf den Weg, dass Nina sich sofort ins Bett legen solle, denn er hätte ihr mit dem Schmerzmittel auch ein Beruhigungsmittel gespritzt.

Manfred Wagner fasste seine Tochter unter, um sie zu stützen. Sie legte ihren Arm um seine Schulter und humpelte mit ihm aus dem Behandlungszimmer. Kaum hatte die Krankenschwester die Tür zur Praxis hinter ihnen geschlossen, versuchte Nina, allein zu gehen. Doch ihr Vater ließ sie nicht los.

»Was ist mit Felix Manthei?«, fragte sie.

»Er ist von unseren Sicherheitsoffizieren in Gewahrsam genommen worden«, antwortete er. »Seine Frau ebenfalls. Wir haben hier an Bord extra eine Zelle für solche Fälle.«

»Und wo hatte er das Zeug versteckt?«, wollte Nina wissen.

»Saskia Manthei hatte es versteckt. In ihrer Kosmetiktasche. Zwei kleine Dosen. Eine weitere fand man in ihrer Tasche, die sie in der Bar dabeihatte. Sie war leer. Wir haben hier an Bord ja schon einiges erlebt, aber so etwas noch nicht!«

»Also hat sie mir das Zeug beim Tanzen in die Jacke gesteckt«, überlegte Nina. »Und vielleicht auch den Anschlag auf Pierre Valet verübt.«

Ihr Vater zuckte mit den Schultern.

Nina nahm plötzlich seine Nähe wahr. Seinen Geruch. Sie hätte sich gern noch länger an ihm festgehalten, doch im Fahrstuhl war es so eng, dass sie ihn loslassen musste. Sie lehnte sich benommen gegen die kalte verspiegelte Wand. Es fiel ihr schwer, die Augen offen zu halten. Manfred Wagner umfasste sie erneut, als sie den Gang zu Ninas Kabine entlanggingen.

Vor manchen Türen standen Schuhe, die des Nachts vom Personal geputzt werden sollten. Aus einer Kabine drang das laute Geräusch eines Fernsehapparates. Ansonsten war es still und mutete an, als wäre nichts geschehen.

»Dann habe ich jetzt meinen Auftrag erledigt«, murmelte Nina vor sich hin. »Ich werde es gleich Monica berichten. Und dann sind wir endlich bald wieder zu Hause.«

»Einen Tag haben wir noch. Vielleicht können wir doch noch miteinander reden. Morgen?«, fragte Manfred Wagner vorsichtig.

Nina wollte jetzt nur noch mit einem Menschen reden. Mit Jan. In Travemünde.

Ihr Vater öffnete ihr die Kabinentür. Nina tastete sich an den Möbeln entlang und klopfte an die Verbindungstür. Monica war nicht da. Die Decke auf dem Bett aufgeschlagen. Die Schokolade zur Nacht lag noch auf dem Kopfkissen. Nina lehnte sich in den Türrahmen.

»Wo mag sie schon wieder sein? In der Bar ist doch nichts mehr los, seitdem … Oder?«

»Keine Ahnung. Vielleicht ist sie im Spa-Bereich, der hat rund um die Uhr auf«, meinte Manfred Wagner.

Nina setzte sich aufs Bett, dabei durchfuhr sie ein starker Schmerz. Ihr Vater hockte sich vor sie, um ihr die Schuhe auszuziehen.

»Ob Felix Manthei wusste, was seine Frau tat?«, fragte Nina schläfrig.

»Das wird die Kripo herausfinden müssen. Die beiden werden im Hafen von Travemünde der Polizei übergeben«, antwortete Manfred Wagner.

Nina ließ sich nach hinten aufs Bett fallen und gähnte.

»Wie schrecklich, wenn er nichts von dem wusste, was seine Frau alles tat.«

»Hätte er eben besser auf sie aufpassen müssen«, meinte Manfred Wagner.

Nina schloss die Augen und murmelte: »Das musst gerade du

sagen.« Im nächsten Augenblick fuhr sie hoch. »Wir müssen nach Monica suchen! Vielleicht sind die Mantheis dahintergekommen, dass sie die Ehefrau von Pierre Valet ist. Vielleicht haben sie ihr auch solches Zeug in die Tasche gesteckt. Vielleicht liegt sie schon irgendwo. Verbrannt. So wie ihr Mann ...«

43

Die Entertainmentmanagerin stand in der Raucherecke des Außendecks. Monica schlenderte so gelassen wie möglich mit einem »Guten Abend« an ihr vorbei.

Dass sich der Sturm inzwischen gelegt hatte, war gut für das, was sie vorhatte. Die »Azzuro« hatte größere Fahrt aufgenommen, um die Zeit, die das Schiff bei Gegenwind verloren hatte, aufzuholen. Das würde Monica ebenfalls zum Vorteil gereichen.

Sie ging noch ein paar Schritte. Dann hielt sie sich plötzlich an der Reling fest und sackte in die Knie. Wie erhofft kam Marion Randow sofort zu ihr geeilt.

»Geht es Ihnen nicht gut? Kann ich Ihnen helfen?«

Monica ließ sich von ihr stützen. Dabei umklammerte sie sie fest. Im nächsten Moment versuchte sie sie mit aller Kraft über die Reling zu drücken.

»Vorsicht! Das ist gefährlich!«, faselte Marion Randow und begriff offenbar nicht, was ihr geschehen sollte.

Monica fasste nach ihren Beinen, um sie daran über Bord zu stoßen.

Marion Randow klammerte sich rücklings an die Reling und schrie. Ihr Oberkörper hing bereits über dem Wasser. Es gelang ihr, mit einer Hand in Monicas Haare zu greifen und sich daran festzuhalten. Jetzt schrien beide Frauen.

Monica drückte die Entertainmentmanagerin mit aller Wucht noch weiter über die Reling. Dabei riss Marion ihr Haare aus und griff jetzt mit den Händen ins Leere. Verzweifelt klammerte sie sich mit den Unterschenkeln um die Planken der Reling.

Manfred Wagner stürzte auf die kämpfenden Frauen zu, riss sie auseinander und hievte Marion Randow auf den Boden des Schiffes zurück. Sie kauerte sich an die Reling. Monica stand daneben und versuchte, sie mit dem Fuß zu treten. Doch dazu fehlte ihr inzwischen die Kraft.

Nina kam angehumpelt.

»Monica! Es ist nicht die, die deinen Mann umgebracht hat!«, schrie sie.

Monica blickte Nina an, als verstünde sie sie nicht.

44

Die Dunkelheit brach über Travemünde herein. Noch war kein Stern am Himmel zu sehen. Die jungen Möwen auf dem Dach des Hauses gegenüber waren in den wenigen Tagen, die Nina auf der MS »Azzuro« unterwegs gewesen war, erstaunlich gewachsen. Das Junge, das neulich vom Dach gefallen war, gehorchte seiner Mutter nicht mehr, als es von ihr zu den anderen ins Nest gerufen wurde.

Jan reichte Nina ein Glas Wein und legte seinen Arm um ihre Schulter.

»Solange du nur unter Schmerzen sitzen kannst, werde ich mit dir stehen«, sagte er.

»Unsinn, setz dich hin!«, sagte Nina lachend und stieß ihr Glas gegen das von Jan.

Im Penthouse gegenüber erschien Monica Anders am Fenster, blickte kurz herüber und zog die Vorhänge zu, nachdem sie Nina und Jan auf dem Balkon gesehen hatte.

»Sie wird wohl aus Travemünde wegziehen. Am Fenster der Galerie steht ›Zu vermieten‹«, sagte Nina.

»Vielleicht solltest du die Galerie übernehmen«, meinte Jan und hatte offenbar mal wieder Ninas Gedanken erraten.

»Ich habe doch gar keine Ahnung von Kunst«, wiegelte Nina halbherzig ab.

»Immerhin hast du einen Kunstfälscher zu Fall gebracht«, sagte Jan. »Und Monica Anders wird von dieser Frau auf dem Schiff tatsächlich nicht angezeigt?«

Nina zuckte mit den Schultern. »Wir haben es so dargestellt, dass Monica krank ist und manchmal nicht weiß, was sie tut. Dass ich vor allem deshalb mit an Bord war, um auf sie aufzupassen. Als Monica dann die Randow angriff, konnte ich leider nichts machen. Ich war ja gerade selbst Opfer eines Anschlags geworden.«

»Tut es noch sehr weh?«, fragte Jan.

»Nein, aber es wird eine Narbe zurückbleiben«, antwortete Nina.

»Sehr sexy«, meinte Jan.

Nina stieß ihm in die Rippen.

Aus dem Strandbahnhof war das Johlen einer Menschenmenge zu hören, es war wohl ein Tor gefallen. Es war immer noch Fußballweltmeisterschaft in Brasilien.

»Und dein Vater?«, fragte Jan.

Ninas Stimmung schlug um.

»Der fährt weiter. Zuerst Richtung Sankt Petersburg, dann zum Nordkap, dann Mittelmeer, danach Weltreise mit der ›Azzuro‹. Keine Ahnung, ob ich den jemals wiedersehen werde.«

»Möchtest du ihn denn wiedersehen?«, fragte Jan.

Nina antwortete nicht.

»Wirst du deiner Mutter von ihm erzählen?«, wollte Jan wissen.

Nina blickte in Richtung Maritim. Über dem historischen Segelschiff »Passat« wurde die erste Rakete eines Feuerwerks abgeschossen.

»Schön, wieder hier zu sein«, sagte sie leise.

»Du meinst, bei mir zu sein«, fügte Jan hinzu.

»Bei dir und hier«, erwiderte Nina lächelnd.

»Schön, dass du wieder hier bist«, sagte Jan.

Das Möwenjunge rannte plötzlich über das Dach des Penthouses, breitete seine Flügel aus, hob ab und flog über den Godewindpark in Richtung Ostsee davon.

Für immer?

Song of Azure

(Ausschnitt)

John Havering

Cocktail »Azzuro«

Rezept:

Zutaten:
2 cl Blue Curaçao
2 cl Wodka
4 cl Cointreau
2 cl Sodawasser
Eiswürfel, frischer Zitronensaft und ein Minzeblatt

Zubereitung:

Blue Curaçao, Wodka, Cointreau, Sodawasser und Eiswürfel in einem Shaker schütteln und danach in ein Martiniglas mit einem Zuckerrand geben.
Für den Zuckerrand vorher etwas frischen Zitronensaft auf eine Untertasse gießen und verteilen, mit Zucker bestreuen und den Rand des Glases darin eintauchen.
In den fertigen »Azzuro« ein paar Spritzer frischen Zitronensaft und ein Minzeblatt geben.

Sehr zum Wohl!

Danksagung

Ich danke der Crew des Emons-Verlags für die sorgfältige Betreuung meines Manuskripts und das schöne Cover. Carlos Westerkamp danke ich für das ausgezeichnete Lektorat.

Ich danke meinem Sohn Jan-Martin für den wunderbaren »Song of Azure«.

Und ich danke meinem Mann Ralf, der mich ermutigt hat, auch im wunderschönen Travemünde einen Schreibtisch aufzustellen.

ANKE GEBERT
Sturz in den Tod
KÜSTEN KRIMI
emons: